쉼
여행, 쉼표와 느낌표 사이
대표에세이문학회

초판 발행 2017년 11월 11일
지은이 대표에세이문학회
펴낸이 안창현 **펴낸곳** 코드미디어
북 디자인 Micky Ahn **교정 교열** 백이랑

등록 2001년 3월 7일
등록번호 제 25100-2001-5호
주소 서울시 은평구 갈현로 318-1 1층
전화 02-6326-1402 **팩스** 02-388-1302
전자우편 codmedia@codmedia.com

ISBN 979-11-86104-66-8 03810

정가 12,000원

여행, 쉼표와 느낌표 사이

대표에세이문학회

길에서 길을 묻다

홀로 떠난 양양 낙산사 여행길에서였습니다. 홍련암을 가려고 발길을 옮기려다 이름 없는 돌에 새겨진 글귀를 보는 순간 가슴속 울림이 있었습니다. '길에서 길을 묻다.' 어느 글귀가 평소 우리의 정돈되지 않은 마음들을 이토록 명쾌하게 정리해줄 수 있을는지요. 그래서 우리는 너나없이 여행길을 나서나 봅니다.

우리는 늘 떠납니다. 좋을 때나 기쁠 때나 슬플 때나… 홀로 그리고 함께…. 그리하여 우리는 사랑하는 이들과 함께하는 행복을 느끼기도 하고, 이름 없는 풍경에 마음을 빼앗기기도 하며, 여행길에서 자신도 모르게 종종 치유받기도 합니다. 여기 기행수필 마흔네 편 제각각의 여행길에서 우리는 아름다운 풍광을 만나고, 다양한 사람을 만나며, 깊은 곳의 자신과 조우하기도 합

니다. 어쩌면 낯선 길에 서 있는 자신을 발견할지도 모릅니다. 그렇기에 '독서는 앉아서 하는 여행이고 여행은 서서 하는 독서다.' 라는 어느 대만 작가의 말에 적극 공감하지 않을 수 없습니다.

『월간문학』 출신 수필작가들의 마흔네 갈래 여행길 '쉼 - 여행, 쉼표와 느낌표 사이'에 당신을 초대합니다. 그 길을 따라가다 보면 어느덧 당신은 필자와 오롯이 동행하는 자신을 느낄 수 있을 것입니다. '홀로 그리고 함께' 여행을 사랑하는 모든 분들에게 이 책을 바칩니다.

2017년 가을, 대표에세이문학회 회장 김현희

Contents

서문 _4

하나

북해도 도야 호수 정목일 12
아프리카, 조물주가 아껴둔 미래의 땅 김학 16
백령 이창옥 21
파리의 깊은 밤 지연희 25
추억 여행 조성호 28
꿈을 거두는 그물 권남희 32
여행의 추억 최문석 35
물비늘 속으로 한석근 40
소주에서 만난 시인 장계 윤주홍 45

둘

나이아가라 폭포 이은영 50

대마도 기행 안윤자 54

막내딸과의 여행 에피소드 김사연 59

길 따라 정 따라 정인자 64

마음일기 윤영남 68

이토록 멋진 윤회 박미경 74

따가이따이의 아무개 류경희 78

굴업도의 벌거숭이 조현세 81

산중에서의 어떤 경험 김지헌 85

Contents

셋

버리고 갈 것만 남아서 참 홀가분하다 장경환 94

낯선 땅에서 만난 빼마디 정태헌 99

절리에서 생生의 물결을 보다 김선화 104

배낭 속 책 박경희 109

통곡의 벽 청정심 113

수암골 풍경 김윤희 117

또 하나의 행운, 발리 김현희 121

되새김질 우선정 125

1달러 곽은영 127

넷

베짱이의 여행 김경순 134

생가 가는 길 허해순 137

바람의 도시 허문정 141

별 내리는 마을 김진진 145

마라도 원수연 149

삶도 여행처럼 전영구 153

소금마을 아이들 김기자 157

그때가 생의 절정이었다 김영곤 160

나는 여권이 없다 전현주 164

Contents

다섯

짚라인 김정순 170

순례 강창욱 174

검은 산 신순희 177

청송에서 박정숙 181

반건조 노가리 최종 185

엄마는 사진사 김순남 189

나, 제주도 갈 거야 노성희 193

차 한 잔 신미선 198

쉼
하나

북해도 도야 호수

정목일

천 년 명상으로 마음을 닦은 도야호수와 만나, 내 마음에도
얼지 않은 호수 하나를 얻고 싶다.

가을 초입에 일본 북해도 도야호수를 만나러 갔다.

도야호수는 화산 폭발로 패인 지형에 물이 고여 생긴 호수이다. 일본에선 세 번째로 큰 호수로 둘레가 50km, 가장 깊은 곳은 180m인 큰 담수호다.

일본 북해도의 가을 절정에 도야호수와 첫 대면을 한다. 도야호수는 수천 년의 깊이와 사유로 명상에 빠져있다. 무르익은 단풍에도 잔잔한 표정만 보일 뿐, 깊은 마음을 내비치지 않는다. 옥빛 하늘에 구름이 한 줄씩 즉흥시를 썼다 지우곤 한다. 누군가 읽을 줄 아는 사람은 영원의 모습도 보리라. 하늘과 호수는 맑은 청명의 얼굴이지만, 구름이 있어 생동감을 보여준다. 도야호수 천 년 명상의 깊이가 짜르르 스며들고 있다. 산, 들판, 호수, 강을 보면 손 모아 경배하고픈 마음이 생긴다. 1백 년 미만을 살다 가는 인생으로선 범접할 수 없는 신비와 생명의 경외감을 느끼게 만든다.

유람선을 타고 도야호수 속으로 들어간다. 주변 경치를 완상하면서 호수의 얼굴과 마음을 대면한다. 호수가 수천 년 명상으로 얻은 깨달음을 보고 싶다. 호수와의 순간적인 만남과 산책이지만 몇 천 년 침묵의 말을 듣고 싶다.

호수와 마음 대화를 나누는 산책길은 유람선이 선착장을 출발하여 한 바퀴 도는 코스이다. 하늘에 흰 구름덩이가 시시각각 새로운 모습으로 변하며 흘러가고, 호수 속에 작은 섬들과 바깥으로 낮은 산들이 늘어서 있다. 호수는 때 묻지 않은 자연을 보여주고 있다. 하늘, 숲, 나무, 바위 등이 자연 그대로의 순결과 청순함을 지니고 있다. 숲과 바람, 구름과도 눈인사를 하고 마음 대화를 나눈다. 번쩍이거나 황홀함으로 현혹하지도 않고 자연 그대로의 순수한 모습으로 교감에 이르게 한다.

하늘과 호수는 마음을 비춰 드러내고, 유람선은 유유히 물길을 헤쳐가고 있다. 바쁨도 느림도 없이 홀가분하게 호수의 심연으로 들어가는 중이다. 언제 천 년의 호수와 마음의 대화를 나눠본 적이 있었던가. 구름 한 점 없는 하늘에 마음을 비춰볼 수 있음이 좋다. 더구나 상쾌한 바람을 만나 더 고마웠다. 연인의 체온 같은 따스한 햇살의 감촉에 온몸이 포근해진다. 따스함, 다정함, 부드러움은 오늘의 호수가 지닌 자비와 은혜의 손길일 듯싶다. 호숫가 도로변에 서 있는 나무들…. 아름드리 백 년 이상의 수령樹齡을 지닌 늠름한 나무들이 누릇누릇 단풍을 맞고 있다. 겨우살이를 예비하는 표정들이다. 폭설과 찬바람을 맞을 채비를 하면서 깊어가는 가을 한순간, 도야 호수에서 내 마음을 비춰 보이고 있다. 호수는 깊이와 넓이만큼 심연에 추억과 체험들을 품고 있음 직하다. 갈매기들이 유람선을 뒤따르고 있다. 배가 지나며 내는 잔잔한 물결, 점점 다가오는 호숫가의 산들, 산 위의 구름들과 눈인사를 나눈다. 산, 호수는 그 자리에서 변함이 없으나, 하늘의 구름만은 언제나 새로운 모습이다. '인생은 뜬구름 같다.'는 말이 예사롭지 않은 관찰과 비유에서 나온 것임을 깨닫는다.

유람선은 천천히 호수 속으로 다가가고 있다. 시월의 햇살이 연인의 살갗처럼 따스하고 눈부시다. '광명'이란 이런 것인가. 섬 안에 돌로 덮인 조그만 산 한 채가 고즈넉하다. 삼각형 녹색의 산이다. 고독해 보이지만 호수 안에 안거해 있다. 띄엄띄엄 섬들이 가까이 있어서 평온스러운 표정들이다. 호수 주변으로 빙 둘러 산들이 늘어서 있다. 능선들은 부드럽고 은은히 가야금 음률처럼 잔잔하게 하늘로 번져가는 듯하고, 호숫가 높지 않게 자그마한 산 능선들은 병풍처럼 둘러쳐져 호수의 운치를 북돋우고 있다. 얼마나 오랫동안 맑은 고독과 침묵을 품어 왔으면 호수의 깊이만큼 초연한 것인가. 호숫가에 마을도 있어서, 잠시 정박하는 시간을 가진다.

호숫가의 나무들과 인사를 나눈다. 가을 초입인데도 나무들이 아직 짙은 녹색이다. 수형樹形이 둥그스름한 모양새를 보이는 나무들은 상록수종일 듯싶다. 호수의 천년 고요에 달빛의 수억 년 적막을 보태면 어떤 표정일까 알고 싶다. 누군가 노래를 부른다면, 영원 속의 한순간과 만나 어떻게 화음을 이룰지 알 수 없다. 북해도 도야호수에 와서 만남과 이별을 생각한다. 산, 호수 등 자연은 무한의 모습이지만, 일회성 삶을 지닌 인간에게 이 한 번의 체험은 다시 올 수 없는 소중한 순간이다. 가을 초입의 호수의 숨결, 내 인생도 어느새 가을 무렵에 당도해 있음을 느낀다.

유람선은 천천히 물 주름을 일으키면서 떠간다. 평온하고 깊은 가을 정취가 짜르르 가슴에 닿는 것은 호수에서 처음 느끼는 감회가 아닐까 싶다. 하늘과 산, 주변의 경치뿐만 아니라, 호수의 천 년 그리움이 전해오는 듯하다. 혹독한 겨울이 다가옴을 아쉬워하는 표정도 뒤섞여 있다.

나도 가을을 맞아 인생의 무엇을 거두고 버려야 할지를 생각한다. 떨쳐버릴 것은 다 지워버리고, 맨몸으로 어떻게 겨울바람 앞에 설 것인가를 생각해 본다. 유람선은 호수 중앙에 있는 중도, 대도를 돌아 시발점으로 돌아가고 있다. 가을엔 자연과 모든 생명체가 모두 삶의 시원始原으로 돌아가려는 모습들이다.

북해도 도야호수에 와서 내 삶의 깊이와 표정을 비춰본다. 겨울에는 눈발이 휘날릴 것이다. 얼음으로 은빛의 세상이 되리라. 도야호수는 겨울에도 얼지 않는다는 말을 들었다. 명상과 내공이 깊어서일까. 천 년 명상으로 마음을 닦은 도야호수와 만나, 내 마음에도 얼지 않은 호수 하나를 얻고 싶다.

정목일 | 『월간문학』 수필 등단(1975년), 『현대문학』 수필 천료(1976년). 한국수필가협회 이사장, 한국문인협회 부이사장, 연세대학미래교육원, 롯데백화점 본점, 한국문인협회 평생교육원 수필 지도교수. 수상: 한국문학상, 조경희문학상, 원종린문학상, 흑구문학상, 남촌수필문학상 등. 저서: 수필집 『남강부근의 겨울나무』 『한국의 영혼』 『별이 되어 풀꽃이 되어』 『달빛고요』 등 20여 권. E-mail: namuhae@hanmail.net

아프리카, 조물주가 아껴둔 미래의 땅

김 학

아프리카의 밤하늘에 별들이 더 많은 것을 보면 아프리카에는 영혼이 맑은 사람들이 더 많이 살고 있는 모양이다.

아시아의 조그만 나라 대한민국에서 태어난 내가 널따란 아프리카 땅을 밟기까지엔 무려 65년의 세월이 걸렸다. 내가 처음 아프리카란 말을 들은 것은 초등학교 사회시간에 5대양 6대주를 배우면서부터였다. 사실 아프리카가 지구의 어느 구석에 붙어 있는지도 모르면서 그냥 달달 외웠을 뿐이다. 그 뒤 아프리카를 잊었지만 살아가는 데는 아무런 불편이 없었다.

철이 든 다음에도 아프리카 하면 바로 텔레비전에서 보았던 〈동물의 왕국〉이나 〈타잔〉 혹은 영화에서 보았던 〈아웃 오브 아프리카〉, 〈블러드 다이아몬드〉 밖에 떠오르지 않았다. 가끔 신문이나 텔레비전을 보고서 아프리카는 에이즈가 창궐猖獗하고, 영양실조 어린이들이 많으며, 종족 간의 내전이 잦은 곳으로만 알게 되었다.

아프리카에 대하여 아는 것도 없고 알려고도 하지 않았던 내가 그곳에

갈 기회가 생겼다. 세네갈공화국의 수도 다카르에서 열리는 제73차 국제 펜클럽대회에 한국대표의 일원으로 참가해야 했기 때문이다. 아프리카에 가려니 여행수속부터가 복잡했다. 전주에 사는 내가 서울 국립의료원까지 찾아가서 파상풍과 디프테리아 예방접종을 하고 말라리아약도 사서 복용해야 하니 비용도 만만치 않았다.

인천국제공항에서 바로 아프리카로 가는 비행기도 없었다. 우리나라와 아프리카의 외교관계가 어떤지 알 만했다. 홍콩공항에서 남아프리카공화국 요하네스버그로 가는 비행기로 바꿔 타야 했다. 7월 2일 저녁 8시, 인천국제공항을 출발한 케세이 퍼시픽 CX419호 비행기는 2시간 40분만에 홍콩국제공항에 도착했다. 밤하늘에서 굽어본 홍콩의 야경은 보석을 뿌려놓은 듯 찬란했다. 이래서 홍콩을 동양의 진주라 했던가. 홍콩공항에서 두어 시간 동안 비행기의 이착륙을 구경하며 뭉그적거리다 남아공 요하네스버그로 가는 비행기 SA287호에 올랐다. 객실에 들어서니 검은 피부의 승객이 많이 눈에 띄었다. 아프리카가 한 발짝 더 가까워진 느낌이었다.

예정보다 10분 늦은 자정 무렵 비행기는 공항을 이륙했다. 북반구를 떠난 비행기는 무려 13시간이나 남반구인 요하네스버그를 향하여 쉬지 않고 날았다. 같은 비행기를 탄 검은색 · 흰색 · 노랑색 승객들은 잠을 자거나, 신문이나 책을 읽기도 하고, 이어폰으로 음악을 감상하는 등 멋대로 시간을 죽이고 있었다. 아프리카를 찾아가는 지루하고도 긴 여로였다.

아프리카의 관문인 요하네스버그공항에 도착했다. 아프리카의 첫날 아침은 우리네 가을 아침처럼 상쾌했다. 그동안 '검은 대륙 아프리카'란 말을 귀에 못이 박히도록 들었다. 그래서 나는 아프리카는 사람의 피부가 검듯 땅도 하늘도 강물도 검은색이려나 생각했었다. 하지만 아프리카와 아시아는 다른 게 거의 없었다. 나뭇잎은 초록색이고, 강물은 푸르렀으며, 땅은 흑갈색이고, 하늘은 우리네 가을하늘 그대로였다. '검은 대륙 아프리카'란 말은 백인들이 맨 처음 이 아프리카를 찾았을 때 검은색 선글라스를 끼고 바라보고 평했던 게 아닐까 싶었다.

아프리카는 1년 내내 여름만 있는 열사의 나라인 줄 알았다. 그런데 그게 아니었다. 남아프리카공화국은 지금 겨울이지만 우리나라의 늦가을 같았다. 입국수속을 마치고 나서니 가이드 유영 씨가 기다리고 있었다. 다시 버스를 타고 두어 시간 달려서 선시티SunCity로 이동하였다. 늙수그레한 가이드는 15년 전에 선교하러 온 목사라고 자신을 소개했다. 아들은 한국에서 살지만, 독일인과 결혼한 딸과 자기 아내도 이곳에서 가이드로 일한다고 했다.

공항에서 선시티로 가는 도로 양쪽은 황량하기 이를 데 없었다. 나무가 울창하지도 않고, 풀이 무성하지도 않았다. 허름한 단층집들만 띄엄띄엄 눈에 띌 뿐 전혀 개발이 되지 않아 버려진 땅 그대로였다. 수원水源이 부족한 까닭이라던가. 부지런한 우리나라 농민들을 데려오면 이런 황무지라도 기름진 옥토로 만들 수 있을 텐데….

남아프리카공화국의 면적은 한반도의 6배지만 인구는 우리나라와 비슷한 4,500만. 그 나라의 백인과 유색인의 인구비율은 25:75인데 경제력은 오히려 93:7이라고 하니 빈부격차가 얼마나 심각한지 알 만했다. 이렇게 된 것은 1994년 만델라가 집권하기 전까지 극우 백인정권들은 흑인들에게서 교육과 통신, 교통의 기회를 박탈하는 극심한 인종차별정책으로 정권을 유지한 탓이다. 그러니 흑인이 가난할 수밖에. 남아공에도 승용차가 많은데 그 차를 몰고 다니는 것은 백인들이고, 걸어 다니는 사람은 모두 흑인들이다.

프란츠 파농은 그의 저서 『검은 피부 하얀 가면』에서 '백인은 문명을 건설한 인종이고, 흑인은 자연에 동화되어 지내는 인종'이라는 이분법으로 구분하였다. 백인의 시각을 그대로 진솔하게 드러낸 이야기려니 싶다. 흑인을 원숭이와 백인 사이의 중간적 존재로밖에 취급하지 않은 백인들을 언제까지 이대로 눈감아 주어야 할지….

세계적인 명문대학인 케이프타운대학조차 남아공 국적의 교수는 찾아볼 수 없고 모두 이웃 나라에서 수입하여 활용한단다. 그런데도 남아프리카공화국은 지금 이웃 나라인 블랙아프리카의 영재들을 모아 교육을 시킨 뒤 자기 고국으로 돌려보내고 있다. 아프리카대륙의 앞날을 위한 남아공정부의 투자라고나 할까.

실업률 · 범죄 · 빈부격차 · 에이즈, 이것이 남아공 정부가 풀어야 할 긴급한 과제라고 한다. 비교적 형편이 좋다는 남아공이 이런 실정이니 이웃 아프리카 나라들의 사정은 어떨 것인가. 수영장과 테니스장이 딸린 저택이 백인가정의 생활수준인데 반해 흑인 집단거주지는 우리나라의 5, 60년대 수준에 머물고 있다. 부유한 백인들은 2~300세대의 전체 부지를 1차 고압철조망으로 보안장치를 하고, 또 집 외곽에도 보안장치를 하며, 출입문 등 이중삼중 보안장치를 할 뿐 아니라 일부 주택에는 열 감지 센서까지 설치하여 깊은 밤에 주방에 가려면 보안장치를 중단시켜야 할 정도로 치안이 불안하다는 것이다. 오죽하면 지갑 속에 비상금으로 200랜드(한국 돈 3만 원) 정도를 넣고 다녀야 거리에서 강도를 만나면 그 돈을 합의금으로 주어야 한다지 않던가.

아프리카의 라스베가스라는 선시티에서 첫날밤을 보냈다. 호텔 뜨락을 서성거리며 바라본 밤하늘엔 아름다운 별들이 다이아몬드처럼 초롱초롱 빛나고 있었다. 아시아에서 찾아간 귀한 손님들을 환영하려고 하늘 높이 축포를 쏘아 올린 것 같았다. 문득 어린 시절 고향에서 쳐다본 밤하늘을 떠올렸다. 아시아나 아프리카나 밤하늘의 별빛은 다를 게 없지만, 아프리카의 밤하늘에 별들이 더 많은 것을 보면 아프리카에는 영혼이 맑은 사람들이 더 많이 살고 있는 모양이다. 아프리카, 그곳은 조물주가 아껴둔 미래의 땅이자 순수한 처녀지려니 싶었다.

김학 | 『월간문학』등단 (1980년). 전북수필문학회장, 임실문인협회장, 대표에세이문학회장, 전북문인협회장, 전북펜클럽회장 역임/국제펜클럽 한국본부 부이사장 역임. 수상: 펜문학상, 한국수필상, 영호남수필문학상 대상, 동포문학상 대상, 전북도문화상, 전주시예술상 등. 저서: 수필집 『실수를 딛고 살아온 세월』『하여가 & 단심가』 등 14권, 수필평론집 『수필의 길 수필가의 길』 등 2권. E-mail: crane43@hanmail.net

백령白翎

이창옥

따오기가 흰 날개를 펼치고 하늘을 나는 형상을 닮았다는 백령도, 흰 나래 깃의 최북단 이곳에서 짧지만 긴 여운을 남기는 나만의 랜드 마크가 가슴에 새겨진다.

퍽이나 오랜만의 바닷길이다. 송골송골한 마음은 지난날의 자국의 맵시를 하나둘 들추어 잠시나마 회개의 마음이 가득 스민다. 부푼 가슴과 뜨거운 설렘을 펴 담은 거기에는 착한 마음이었고 고운 솜씨를 일궈낸 젊음의 사랑이었다. 거울인 양 맑은 물에 나의 맘을 주어 내가 다시 태어나는 듯 청순한 고운 햇살로 나를 비춘다. 물은 정숙하고 겸공한 지혜를 가진다. 때로는 험한 노도怒濤는 채찍을 하고, 다시 순탄한 자기 본향으로 오는 태깔은 우리 인생을 갈무리하는 교훈을 만들어 담뿍 안긴다.

바다는 말이 없다. 과묵한 천성을 지닌 것 같다. 이는 평화의 생명을 고스란히 가져 자연의 신성성을 숙명으로 알고 인간의 언저리를 두들긴다. 그럼에도 그 매운 매를 동댕이치는 빙충맞은 일을 자주 보게 된다. 그러나 바다는 아무런 말도 탓도 하지 않는다. 바다는 고마운 벗이며 스승이며 지

극히 사랑한 이웃이다.

바닷길은 언제나 청량한 마음의 길이다. 온통 하얀 마음을 만들어내는 마음의 산책길이다. 오욕五慾을 청아한 바닷물에 던진다. 맑은 바람을 흠씬 마신다. 잔잔한 파고를 열며 산과도 같이 크나큰 여객선은 학의 포말을 이루는 무늬가 마치 용이 꿈틀거리는 힘은 나를 오싹한 느낌으로 끌어낸다. 저만큼 희고 작은 어선들이 곰실곰실 떠간다. 눈앞에 펼쳐진 망망한 바다는 쪽빛이며 수정같이 맑은 물의 거대한 위용이 나를 감싼다. 여기 내 몸을 실은 우람한 여객선은 물 위에 떠 있는 한낱 통나무이던가.

저만큼 일자로 뻗은 하얀 깃의 섬이 우릴 반긴다. 아마도 4시간을 수상 손님이 되어 목적지인 백령도白翎島를 맞이한 것이다.

다북쑥 향기가 코를 간질인다. 이곳은 섬이 아닌 육지다. 드넓은 논과 밭, 아담한 산세가 바람의 울 되어 풍작의 노래를 만드는 옥토를 지나 한 뙈기 널따란 모래밭에 닿았다. 일명 '사곶 해변'을 걷는다. 잔잔히 일렁이는 바다를 벗하며 푸른 하늘보다 투명한 바다를 감싸는 길고 긴 모래사장을 본다. 비행기가 이착륙하는 4km의 단단한 백사의 바닥은 규조토 모래 해변으로 세계적인 한 곳이며 또 한 곳은 이탈리아에 있다는 기록이다.

해변을 따라 바다의 벗이 되어 '콩돌해변'을 맞는다. 백, 갈, 흑, 적, 청회색을 한 콩알만큼 한 크기로 곱고 잘생긴 몽돌이 2km의 해안을 만들고 있다. 마치 잘 영근 콩밭이 행여 상처를 낼까 발밑물소리가 간질댄다. 몽돌이 밀리는 작은 파도는 합송되어 잔잔한 멜로디가 또 하나의 명곡을 창작

한다. 맑고도 맑은 물속에 비친 살가운 오색 콩돌은 한 점의 수채화를 그린다. 오색자갈을 삶으로 섬긴 파도를 안으로 또 안으로 감추고 우뚝 선 빨간 등대가 오가는 손님을 마중하는 길잡이 되어 시리도록 아픈 듯 오뚝 섰다. 눈앞에 펼쳐진 천연의 바다를 낀 조화는 하늘이 내린 선물이 된다 해도 누가 토를 달까? 잘게 부서지는 금빛 햇살의 사랑이 질펀히 쏟아진다.

또 하나의 물길을 연다. 통통배는 두무진頭武津을 본다. 기암들은 마치 장수들이 시립한 형상을 본 듯하다. 이곳은 서해의 해금강이요 백령도의 백미가 아닌가. 높이 솟은 웅장미, 다양하고 기묘하다. 깎아지른 50여 미터로 시립한 '선대암'이 눈길을 끈다. 다소곳한 이 자리는 우리의 최북단의 해안을 돌고 있는 모멘트이다. 앞바다 긴 섬이 북한의 땅이 손안에 잡힐 듯 지척에 떠 있다. 한 걸음의 거리인데 가슴이 뛰고 머리가 쭈뼛 선다. 왜일까?

5월의 소생의 기쁨을 비춰빛 바다에서 들여오는 갯바람소리가 가슴과 귀를 두들긴다. 바다를 한 눈에 가득 안고 한걸음에 깎아지른 낭에 오뚝 선 '심청각'에 올랐다. 기념관 안에 효녀 심청이 자라고 생활한 초가집과 유물을 장식한 꾸밈이 정겹다. 돌담으로 둘러친 높은 울은 북한의 땅을 망원경으로 건너보는 기회를 얻었다. 물 건너 낮은 긴 섬의 끝자락에 심청이가 인당수에 몸을 던졌다는 '당산곶'이 눈에 잡힌다. 검고 작은 섬에는 이름 모를 나무들이 송곳송곳 서성인다. 마음이 설 설 인다. 언제인가 하뭇하지 못한 이 물길이 남북이 열릴 것을 간절한 소망과 숙숙肅肅한 마음으로 하느님께 더듬거리며 마음을 조아린다.

또 한 켠에 길게 뻗은 몽돌 밭 해안을 지나 허위허위 숨을 고루며 쉬엄 쉬엄 양편 꼬불꼬불한 꽃길을 오른다. 바다를 바라본 오뚝 선 하얀 삼각 천안함의 46용사 위령탑을 만난다. 탑 앞 돌 벽에 용사들의 흉상에는 마치 생동하는 눈빛이 번득이는 듯하다. 탑 중앙에 용사의 애국 혼을 기리는 듯 불꽃이 힘 있게 타고 있다. 우리 젊음의 혼을 오래도록 기억하며 명복을 곱기도 곱도록 마음 다하여 기도를 올린다.

백령도.

따오기가 흰 날개를 펼치고 하늘을 나는 형상을 닮았다는 백령도, 마치 흰 나래 깃(백령)의 길을 더듬어 최북단의 이곳에서 그 자체의 거대한 움직임 앞에 한 점 초라한 나를 본다. 역사와 문화를 갖고 색다른 세월의 흔적과 짧지만 긴 여운을 남기는 나만의 랜드 마크가 가슴에 새겨진다. 온전한 섬의 둘레에는 바다가 감고 있는 생명바다의 종착역이다. 마음 부자의 섬이며 도담한 넓은 평야가 육지와 같은 생활을 날로 달로 역사를 엮어 된 오늘의 물문화의 터전을 이룬 이곳은 바다가 있어 빛이 일고 맑은 물과의 천연의 조화가 이루어낸 아름답고, 평화롭고, 텁텁하게 살진 섬 같은 육지라 하여도 되지 않을까. 사랑은 베풀수록 더 애틋해지는 찰진 멋을 배운다는 백령도에 잔잔하고, 청순하고, 청아한 파도는 오늘도 고운 음악을 만든다.

이창옥 | 『월간문학』수필 등단 (1983년). 한국문인협회, 펜문학협회, 전북문협, 호주문협, 전북수필문학회장, 현대 수필이사, 전북문단이사, 한국수필 이사. 수상: 전북문인협회상, 풍남문학대상, 한국문인대상, 국민훈장 동백장. 저서: 수필집 『갈꽃 길섶이야기』등 5권. E-mail: leeco41@naver.com

파리의 깊은 밤

지연희

참으로 고요하여 가슴 설레게 하는 파리의 밤 깊이에 스며들
어 행복했다. 우리는-

8월 하순의 파리는 이제 막 무더위를 벗어나 가을에 접어드는 상쾌한 날씨였다. 로마와 마드리드에서의 바쁜 일정으로 피로가 가시지 않은 우리일행은 잠시도 긴장을 풀 수 없는 꽉 찬 일정으로 눈 코 뜰 사이 없이 바빴다. 이 곳 파리의 베르사이유 궁전과 노틀담 사원, 세느강, 에펠탑, 몽마르트 언덕 등 하루에 계획된 일과 속에서 유럽문화의 신비로운 경탄과 찬사의 말을 반복하며 아쉬운 시간 속에 묻혀 다녔다.

세느강 유람선을 타고 관광하며 프랑스 역사의 한 장을 묵묵히 안고 있는 고령의 노틀담 사원 앞에서 한참 동안 눈길을 모았다. 이끼 낀 담벽과 종탑을 바라보며 빅토르 위고의 문학 속에 인상 깊게 등장하는 꼽추사내의 얼굴을 금방 만날 것만 같은 현장감에 젖었다. 우뚝 솟은 에펠탑의 위용과 미라보 다리 아래 흐르는 사랑의 시를 읊조이며 40여 개의 세느강

다리를 지나고 있는 강변의 역사에 빠져들고 있었다.

미라보 다리 아래 세느강이 흐르고/우리들의 사랑도 흘러내린다/사랑이여, 기억해야만 한다/기쁨은 고통 뒤에 이어 온다는 것을

밤이여 오라 종이여 울려라/세월은 흘러가는데 나는 여기에 머문다

우리들 손과 손을 맞잡고 얼굴을 마주하면/우리들 팔짱 낀 다리 아래 영원한 시선의/나른한 물결이 흘러내린다

밤이여 오라 종이여 울려라/세월은 흘러가는데 나는 여기에 머문다

흐르는 강물처럼 사랑도 흘러간다/흐르는 사랑처럼/인생은 느렸으며 희망은 강렬했다

밤이여 오라 종이여 울려라/세월은 흘러가는데 나는 여기에 머문다

날이 가고 달이 가고/흘러간 세월도 지나간 사랑도/다시 돌아오지 않지만/미라보 다리 아래 세느강이 흐른다

밤이여 오라 종이여 울려라/세월은 흘러가는데 나는 여기에 머문다

- 기욤 아폴리네르의 시 「미라보다리」 전문

만 이틀을 파리에서 묵기로 한 우리들은 그 첫 밤을 그대로 보내지 못했다. 호텔에서 빠져나와 거리를 한참 걸었다. 소설가 (고)곽의진, 시인 이희자, 그리고 나를 포함한 여자 셋과 일행들은 낯선 나라의 중심을 용감한 패기 하나로 활보하기 시작했다. 아무도 알아들을 수 없는 우리말을 소리

높여 밤하늘에 쏟아내며 자유를 만끽했다. 낯선 이국의 땅에 발을 딛고 잠 못 이루는 까닭이 무엇인지 알 수 없었다. 나는 분명 서유럽의 중심지 파리 시내의 밤공기를 호흡하고 있다는 사실이 순간순간 믿기지 않았다.

머지않은 곳에 노천카페가 있었다. 한 그라스의 시원한 맥주와 차를 마시며 파리의 낭만을 끌어 올리며 마로니에 공원 나무 밑에 앉았다. 파리의 밤바람은 끊임없이 노래가 되어 흐르고 있었다. 행인조차 뜸한 마로니에 공원의 밤은 차분히 가라앉아 더욱 분위기를 더해 주었다. 아쉬운 것은 보다 깊은 가을이어야 마로니에 잎은 황홀한 색감의 신비의 옷으로 갈아입는다는 것이다. 한국의 가을 산에서 만날 수 없는 신묘한 빛깔의 마로니에 단풍잎은 다시없는 정취로 빠져들게 한다는 것이다.

비록 잎은 물들지 않았지만 우리는 마로니에 푸른 잎 우거진 벤치에 앉아 오래도록 가슴을 열고 이야기를 나눌 수 있을 것 같았다. 밤바람은 상쾌하게 볼을 스쳐 지나고 어둠을 갈라놓은 가로등 불빛은 조용한 미소처럼 이방인의 가슴에 스며들고 있었다. 마냥 하늘 높이 치솟아 있는 큰 기둥의 마로니에 나무 밑에서 그냥 밤을 지낼 수 있었으면 싶었다. 참으로 고요하여 가슴 설레게 하는 파리의 밤 깊이에 스며들어 행복했다. 우리는–.

지연희 | 『월간문학』 수필 등단(1983년), 『시문학』 시 당선. 사)한국문인협회 수필분과회장, 사)한국수필가협회 이사장, 사)한국여성문학인회 부이사장 역임, 사)현대시인협회 이사, 사)한국시인협회 회원. 계간 『문파』 발행인. 수상: 동포문학상, 한국수필문학상, 대한문학상 대상, 대한민국 예총 예술인상, 구름카페문학상, 정과정문학상, 동국문학상. 저서: 수필집 『식탁 위 사과 한 알의 낯빛이 저리 붉다』 『씨앗』 외 14권, 시집 『메신저』 외 6권. E-mail: yhee21@naver.com

추억 여행

조성호

고기가 귀하던 시절에 개구리 뒷다리를 뽑아 소금 뿌려 구워 먹던 그 맛, 메뚜기 볶아먹던 호사, 체로 새우 잡고 대야에 피라미를 잡아 끓여 먹는 재미는 놀이로는 그만이었다.

여행이라면 으레 새로운 곳에서 낯선 풍광과 사람을 만나는 설렘으로 떠나기 십상이다. 내가 미술관이나 문학관을 좋아한다고 하여 아이들이 내가 마음에 들만하다며 숙소도 비철이라 싸게 예약하였다고 자랑한다. 원주 근처의 골프장 안에 있는 '뮤지엄 산 S.A.N'인데 안도 다다오 작품이고, 전시도 안목을 높일 만하다고. 에그, 그 사람 건축은 제주도에서 신물나게 봤다고 투덜대자 이건 재벌이 아주 공들인 건데 시멘트, 유리, 자갈에 돌도 잘 쌓고 물을 잘 활용했더라 하며 저녁에는 조명 있는 풍경도 볼만하니 저희는 서울에서 해 질 녘에 맞춰가겠단다. 원주에는 박경리 문학관도 있고.

막내 내외와 나는 청주에서 아침 일찍 떠났으니 충주쯤 와서 어디서 대낮을 보낼까 하다가 제천 '백운'으로 가자는 내 제의에 따르기로 했다. 사실 나만 여기에 애틋한 추억이 서린 곳이다. 노인이 되고 보니 때 묻지 않은 순수한 고향 맛을 다시 보고 싶다. 초등학교 6학년 때, 아버지는 30대 젊은 교장으로 온 가족이 전 재산을 트럭에 싣고 다릿재를 넘어 백운초등학교로 전근을 가신 곳이다. 이때부터 애창곡은 '천등산 박달재를 울고 넘는 우리 님아…'로 바뀌었다. 그때는 박달재를 넘어 제천을 갔는데 이제는 다릿재나 박달재 고개를 넘지 않도록 굴도 뚫리고 교통은 수월해졌다. 운치는 적어졌지만. 시도 몇 편 쓰신 아버지는 행복한 문학청년 시절을 여기서 보내셨다.

초라하던 학교 건물 대신 유치원처럼 울긋불긋 치장을 한 2층으로 예쁘게 새로 들어서고 교실 앞 향나무들은 늙어 고목이 되었다. 학교 정문은 남향에서 동향으로 바뀌었다. 예전 정문의 언덕길을 내려오며 교장 관사를 찾지만 아예 새로 지어 포도나무 그늘은 볼 수도 없다. 학교 앞에는 백여 년 전에 사립학교를 설립한 민영복 선생의 기념비를 세워 그를 기리고 있었다. 개화기시절 이런 시골에 새로운 교육을 하겠다며 논밭을 팔아 헌납한 뜻이 갸륵하다.

교장실에 들르니 젊은 여자 교장이 반갑게 맞아준다. 아버지의 흔적을 찾고자 하나 육십여 년이나 지나 자료나 기록을 찾기 어렵다. 당시 교기가 없어 아버지가 직접 디자인하여 대전까지 주문하여 장만하였는데 현물은 낡아서 없다지만 사진조차 없다. 백운산의 산 모양에 흰 구름 문양을 넣은 교기였는데 교기도 여러 번 바뀔 만큼 세월이 흘러갔다. 『백운 백년사』란 책을 만들었지만 교장실에는 없었고 대신 『개교 100주년 기념 흰구름』이란 문집을 받아온다. 우리 때는 앨범 만들 형편도 못 되어 사진 한 장으로 졸업 기념을 했는데 12호째 책자를 내고 있었다.

그때는 6·25 전란 후라 너나없이 가난하던 때였다. 원조 받아 배급하던 우유가 유일한 단백질원이고 고구마나 감자로 한 끼를 때우기가 예사였다. 도시는 그나마 책걸상이 있었는데 여기는 책걸상이 없이 방석에 책상다리로 앉아 공부를 하는 처지였다. 교장이 급선무로 해결할 일이어서 교육청에 아마 로비를 하셨을 테고 시멘트도 잔뜩 얻어와 교단이며 급수 시설도 만들었다. 물론 학생과 교사들의 자갈, 모래를 날라 오는 수고로. 지금은 어림없는 일이지만.

청년 교장은 신바람나신 듯 일거리를 찾아 학교를 단장하고 꽃을 심었는데 그 중 장원감은 해바라기 그 큰 꽃을 운동장 주변에 열을 맞춰 심고 물을 주며 시드는 아래 잎사귀부터 똑똑 따면 해바라기는 무럭무럭 잘 자라고 꽃 중의 꽃으로 인상 깊다. 운동회에는 교문에서부터 개선문이니 승리문 등 문을 청솔가지를 엮어서 큼직하게 진초록으로 장식했던 게 시골이라 가능했을 것이다.

고기가 귀하던 시절에 개구리 뒷다리를 뽑아 소금 뿌려 구워 먹던 그 맛, 메뚜기 볶아먹던 호사, 체로 새뱅이(새우) 잡고, 대야에 보쌈하고 된장 넣어 피라미를 잡아 끓여 먹는 재미는 영양 섭취로는 하찮을 노릇이나 놀이로는 그만이었다. 이때 말고는 어디서고 해본 적이 없다.

시골 정취나 농촌의 먹거리, 눈 온 날 겨울 놀이 등이 다 백운 덕분이다. 내가 글을 써 원고료를 받는 것들이 여기 체험을 여러 번 우려냈으니 백운에다가 돌려줘야 된다고 농담한다.

학교 문을 나오는데 예전 백운중학교는 이전하여 없어지고 교정에 있던 350년 된 느티나무만 우람하게 버티고 있다. 나는 1학년 다니고 다른 학교로 전학했다. 누나는 여기를 졸업하고 충주사범을 들어갔는데 개교 이래 처음이라 하여 축하를 받았다. 전기도 들어오지 않을 때여서 석유램프 불빛으로 공부했다. 매일 등피 그을음을 닦는 일이 고역이었다.

자라바위 쪽으로 간다. 너럭바위가 자라 등처럼 허연 몸짓으로 누워 물을 흘려보낸다. 마침 해오라기가 홀로 서서 오래도록 명상에 잠겨 있다. 저도 지난날의 백운을 회상하는 걸까.

조성호 | 『월간문학』 수필 등단(1983년), 충북 청주 출생. 충북대학교 약학대 졸업, 한국문인협회, 대표에세이문학회, 뒷목문학 회원, 동양일보 논설위원, 청주시 영진약국 경영. 저서: 수필집 『재생 인생』. E-mail: yj4614@hanmail.net

꿈을 거두는 그물

권남희

꿈의 그물 짧아지고 찾아든 여수에서 헤밍웨이처럼 바다에 몸을 던져 글을 쓰고 구멍 난 꿈을 깁는 일상도 괜찮겠다. 비릿한 싱싱함에 풍성한 글감을 건지는 일상은 작가로서 갖는 꿈이다.

이른 아침, 돌산읍 우두리에서 돌산도 끝자락에 있는 향일암 가는 길로 바다가 보인다.

해를 향한 암자여서일까. 금산 보리암, 강화 보문암, 낙산 홍련암과 함께 한국 4대 사찰기도처로 이름이 난 향일암은 해 뜨는 정경을 보려는 사람들로 붐빈다. 모두 마음에 담아둔 꿈 보따리를 안고 오르느라 땀을 쏟으면서도 행복한 표정이니 도시에서는 만날 수 없는 풍경이다.

향일암 가는 길은 언제 봐도 아름답다. 돌산 종주 길을 오르내리다 보면 멀리 다도해도 볼 수 있는 코스인데다 신라 원효대사도 이 길을 걸었을 것이라는 생각에, 천년의 시간을 넘어 같은 공간에 발을 딛고 서 있다는 특별한 감정으로 가슴이 벅차기 때문이다. 아름다움을 품어주는 길이다. 부서지지 않고 온전하게 세상을 품어주는 곳은 복된 곳이다. 사람들은 막연히 이곳을 오르는 것 같지만 나름의 복을 쌓기 위해 뜻을 품은 채 어부의 심정으로 걷지 않을까. 그때 원효대사도 이렇게 향일암을 오르다가 길가에 펼쳐둔 어부들의 그물을 보았으리라.

여수 해안이 보이는 산등성이마다 고기를 잡았던 마을 어부들의 그물이 펼쳐져 있다. 게를 잡는 게그물일까, 지나가는 물고기를 잡는 길그물일까, 먼 바다로 나가는 끌그물인지…. 해안을 따라 구불구불 올라가는 산등성에 널린 그물을 바라보니 가던 길을 멈추고 앉아 이리저리 그물을 헤집어 보고 싶다는 생각이 들었다. 휴식을 취하는 그물을 두고 그물코가 헤졌다면 다시 엮어 주면서 지난 시간들의 역동성을 엿보고 매듭마다에 걸렸을 여수 바다의 매력을 풀어보리라. 그물은 얼기설기 엮인 줄보다 더 많은 그물코들로 드나드는 바닷바람과 어부의 힘찬 소리를 들으며 고기들을 담아올 것이다. 그저 그물코가 더 많아 엉성해 보이는 그물일 뿐이지만 저 먼 여자도나 인어의 전설이 깃든 거문도 등 어디서든 바다에 몸을 던져 위대한 모험가로 살아가는 것이다. 그물은 여수를 살게 하고 여수는 쉬지 않고 바다를 향해 그물을 던지니 그 기운은 멀리 북극해까지 퍼져나가고 있다.

문득 여수 앞바다가 나를 부른다는 착각을 하고 만다. 어디든 작가의 집을 지어도 좋지 않을까 하는 호기심 때문이다. 꿈의 그물 짊어지고 찾아든 여수에서 헤밍웨이처럼 바다에 몸을 던져 글을 쓰고 바닷바람에 나의 그물을 널어 말리며 구멍 난 꿈을 깁는 일상도 괜찮겠다. 바다만큼이나 비릿한 싱싱함에 풍성한 글감을 건지는 일상은 작가로서 갖는 꿈이다.

유럽을 잇는 항구로 동양의 나폴리를 꿈꾸는 여수 앞바다 그 힘찬 바닷물에 몸을 던져 고기를 잡는 기운을 그물에서 상상한다.

그물에 대한 상상은 돌산 갓김치와 갖가지 게장, 신선한 해물 먹을거리 만큼이나 여수를 행복한 도시로 완성시킨다. 여름의 여수는 그물을 만들며 꿈을 키우는 사람과 그물을 던져 꿈을 건져 올리는 사람들로 가득 찬 곳이었다. 여수는 언제와도 풍성한 느낌을 선물한다.

벌써 몇 번째인가. 오동도 멀리 등대를 보고 바다를 부르듯 노래 부르며 모처럼 한가한 마음으로 친구들과 바닷가를 걷는 시간이다. 머지않아 자가용 잠수정을 타고 해양관광도시 여수로 다시 올 수 있는 기대를 품는다.

아직도 천연자원이 그대로 보존되어있는 317개의 섬을 갖고 있는 여수의 꿈. 따뜻하고 해안이 아름다워 지중해 연안 이탈리아 못지않다는 여수가 꿈의 그물을 잃지 않는 한 우리의 터전을 저 바다 깊숙한 곳 3,200m에서도 살게 하리라.

문득 산등성이에 있는 그물을 걷어 향일암 저 건너 먼바다 나의 꿈을 향해 던지는 상상을 해본다. 늘 나의 그물을 갈무리하도록, 게을러지지 않도록 힘을 주는 여수를 사랑할 것이다.

권남희 | 『월간문학』수필 등단 (1987년). 덕성여대·롯데문화센터·한국문협평생교육원 수필 강의. 한국수필가협회 편집주간(현). 수상: 22회 한국수필 문학상, 8회 한국문협 작가상. 저서: 수필집 『목마른 도시』『육감하이테크』『그대삶의 붉은 포도밭』 등 7권. E-mail: stepany1218@hanmail.net

여행의 추억

최문석

주저 없이 강릉행 버스에 올랐다. 여행은 자유를 준다. 이후의 목적지는 내 기분이 결정할 것이다. 어디에도 얽매이지 않을 시간들을 생각하니 미리부터 가슴이 뛴다.

내가 지금까지 살아오면서 국내 여행을 일주일 이상 해 본 것은 그 때뿐이다.

6·3 사태라는 국가적 변고가 벌어졌을 때 대학생이던 나는 일찍 보내온 유월 분 하숙비를 챙겨서 강원도 여행을 결심하였다. 그때까지 오랫동안 단교상태였던 일본과의 외교를 정상화하려는 박정희 대통령의 외교정책에 반대하여 벌어진 한일협정 반대 시위는 더디어 1964년 6월 3일 계엄령을 선포하기에 이르렀다. 군복무를 마치고 복학한 지 얼마 되지 않은 나에게는 학교 문이 닫혀버린 상황은 새로운 인생경험을 얻어 볼 좋은 기회로 생각되었던 것이다.

막연히 강원도 지방을 가보고 싶다는 생각으로 주저 없이 나는 강릉행 버스에 올랐다. 여행은 자유를 준다. 나는 누구에게도 나의 계획을 얘기하지 않았고 이후의 목적지는 내 기분이 결정할 것이다. 어디에도 얽매이지 않을 시간들을 생각하니 미리부터 가슴이 뛴다.

제일 먼저 찾아간 곳이 설악산이다. 초여름의 더위가 이마에 땀방울을 맺게 할 무렵 앞서 산길을 오르는 젊은 친구가 눈에 들어온다. 급히 떠나느라 학교에 들고 다니던 가방에 책 대신 담요 한 장 넣고 평소 입는 작업복을 그대로 입고 온 나하고는 달리 각종 등산장비를 갖춘 배낭을 메고 있었다. "형씨, 물 한 모금만 얻어먹읍시다." 하고 말을 거는 나에게 돌아보지도 않고 옆구리에 차고 있던 수통을 건너 준다. "고맙습니다." 하고 뚜껑을 열고 한 모금을 마시니 뱃속이 찌릿해진다. 물이 아니고 소주였다. 나도 시침을 떼고 "형씨. 물맛 참 시원합니다." 하고는 수통을 건네는데 마음은 술꾼의 기분이 통하고 있었다.

앞뒤로 걷던 발길은 나란히 걷기 시작하면서 많은 얘기가 오갔다. 서울 모 음대의 간부를 맡고 있다는 그는 준비된 복장 못지않게 여행계획을 수첩에 꼼꼼히 적어두고 있었다. 대학의 선배를 비롯한 많은 지인들의 연락처가 적혀있고 숙식을 해결할 여러 가지 계획들이 적혀 있었다. 속초항에서 오징어 작업을 돕는 한철 아르바이트, 처녀들과의 화투놀이 저녁도 그가 마련한 일이다. 팔뚝 맞기로 시작한 화투놀이는 나보다 팔뚝이 굵은 시골아가씨의 팔뚝이 발갛게 달아오른 사실만 기억될 뿐 나의 팔뚝이 얼마나 아팠는지는 기억이 없는 지금이다. 그때 함께 놀았던 두 명의 대학생과 시골아가씨들이 함께 어울릴 수 있게 한 것은 순전히 그의 음악적 능력이라고 나는 믿고 있다. 음악을 공부하는 것은 화합의 기술을 가르치는 것이란 생각을 그때부터 갖게 되었다.

오대산 쪽에 관심을 갖고 강릉서 다시 서울 쪽으로 가는 완행버스를 내린 것은 꽤 늦은 오후였다. 배가 고팠으나 식당은 없고 풀빵을 파는 가게에 들어가 주문을 하고 허겁지겁 먹고 있는 나에게 주인아저씨는 산나물을 내어 와서 함께 먹으라고 한다. 참으로 맛있는 산나물이었다. 나의 목적지가 월정사나 상원사라고 말하니 아저씨는 지금 시간에 걸어가기는 무리라고 하면서 재워주겠단다. 체면을 차릴 처지가 못 되었다. 그도 사람이 그리웠던지 함께 자면서 많은 얘기를 나누었다. 포항서 목재사업을 크게 했는데 실패를 하여 이곳으로 들어와 재기를 위하여 열심히 일하고 있다는 것이며 서울의 일류대학을 나온 부인이 풀빵을 굽고 있는 게 가장 미안하다고 했다. 아침까지 잘 챙겨 주시면서 미안해하는 나에게 편지나 전해 달라 한다. 어젯밤에 포항에 친구가 있어 내려갈 때 들를 것이라 말한 것을 듣고 준비한 모양이다.

시작이 좋았던지 월정사 여행은 누군가의 차를 얻어 타기도 하면서 쉽게 끝났다. 산속의 숲길을 걸어 내려오면서 흙집을 덮었던 나무껍질의 지붕을 처음 본 것도 쓰루라는 이름을 안 것도 그때인 것 같다. 포항에 내려와 제일 먼저 찾아가 편지를 전해줄 때 그 할머니의 반가운 표정과 굳이 불러 세워 차려주던 밥상의 인정도 잊을 수가 없다. 풀빵을 굽던 여인의 빼어난 미모와 할머니의 표정 때문에 혹시 그들이 사랑의 도피생활을 한 건 아닌가 하는 생각이 잠시 들기도 했다. 우연한 인연이 만들어준 모자간의 도움이 오십년도 훨씬 더 지난 지금까지도 나의 머릿속에 인정과 사업

실패라는 두 가지 문제에 대한 생각을 추억이란 이름으로 되새기게 한다.

그때 나는 처음으로 비행기를 타 보았다. 강릉에서 서울로 가는 비행기가 삼척을 경유하며 강릉에서 삼척까지의 요금은 얼마 되지 않는다는 사실을 알고 바로 표를 끊은 것이다. 하늘로 날아올라 내릴 때까지 한 십 분이나 날았을까. 비행의 첫 경험에 대한 기쁨은 잠시뿐, 비행장을 나서는 나는 검색대에서 함께 탄 사람들과 너무나 다른 복장과 엉뚱한 탑승목적 때문에 포켓 속의 손수건까지 꺼내는 수모를 당해야 했다. 호기심 많던 어린 날의 추억이다.

삼척에 가서 생각이 난 건지 그 생각 때문에 삼척으로 간 건지는 분명하지 않지만 나는 탄광을 한번 보기로 하고 도계로 행했다. 허름한 여인숙에 자리를 정하고 저녁을 먹은 뒤 일찍 잠자리에 들려는 데 찾아온 사람이 있었다. 임검을 나온 경찰이었다. 가방을 뒤지는 일이야 비행장에서도 당해본 일이지만 신분증을 제시했는데도 심문하듯 꼬치꼬치 캐묻는 지루한 질문에는 짜증도 났다. 그러나 누군가가 분명 수상한 사람이 있다고 신고를 한 것이 틀림없는 일이기에 오히려 형사의 수고가 고맙기도 했다. 그만큼 우리는 철저한 반공교육을 받으며 자란 세대다. 여인숙에서와는 달리 다음날 광산을 찾아갔을 때의 친절은 잊을 수가 없다. 신분확인을 위해서 제시한 학생증을 보고 대학교의 후배라며 광산에 관심을 갖는 것을 기특해하면서 안전복장을 주고 주의사항을 설명해 가면서 직접 탄광 안쪽까지 안내해 주었다. 같은 대학의 후배라는 것이 그토록 인정을 더하게 하는 줄은 그때 처음 깨달은 일이다.

그 후에도 여행을 마치고 집으로 올 때까지 많은 사람들을 만나고 도움을 받았다. 숙식과 차비의 반은 공짜로 다닌 셈이다. 그만큼 그 시절엔 학생에 대한 대우와 배려가 있었다. 지금 생각하면 참으로 고마운 분들이다. 그리고 나에게는 그 무모함과 그리움이 떠올려 볼수록 되살아나는 수채화 같은 청춘의 그림이다.

최문석 | 『월간문학』 수필 등단(1987년), 경남고성 출생, 서울대 문리대학 졸업, 한국문인협회, 대표에세이문학회, 경남수필 회장, 진주 삼현여고 이사장. 수상: 영남문학상. 저서: 수필집 『에세이 첨단과학』 『살아있는 오늘과 풀꽃의 미소』 『최문석 시론』. E-mail: mschoe3@hanmail.net

물비늘 속으로

한석근

거칠 것 없는 산양면 한적한 포구는 먼 바다로 넓고 푸르게 펼쳐진다. 힘껏 수면 멀리 던진 팔매는 하나, 둘, 셋, 넷, 더 연결되지는 못하고 가라앉는다. "와아!"

여름이 시작되는 6월이다. 지난 시절 이맘때면 산꿩이 보리밭, 밀밭 이랑에 둥지를 틀고 알을 낳고 목청껏 울던 계절이다. 밝은 아침 햇살이 겁없이 열어놓은 창을 통해 방안으로 뛰어든다. 거칠 것 없는 산양면 한적한 포구는 먼바다로 넓고 푸르게 펼쳐진다.

콘도의 각 동에서 깨어난 낯선 사람들이 넓지 않은 아랫마당에서 공놀이를 즐기며 소란스럽다. 방안에 머물고만 있을 수 없는 아침 시간은 두어 시간가량은 여유롭다. 이끌리듯 숙소 아래쪽 바닷가를 향해 산책길에 올랐다. 좁은 산 섶을 다락 밭으로 일구어 심어놓은 감나무, 매실나무, 모과나무 등 갖가지 과수목이 키를 다투며 자란다. 좁은 농로 길 곁으로 장마 때 물이 흐르게 도랑을 내고 길을 건너게 목판을 놓았으나 이미 썩은 목재는 교체의 손길이 늦었다. 험한 길을 몇 차례 휘어 돌면서 바닷가에 내려서니 산모퉁이에 가려 보이지 않던 해안마을이 헤어졌던 친구처럼 다정스럽게 얼굴을 내민다. 해안 마을은 어디를 가나 크고 높은 집은 없고 다들 고만고만하여 키를 다투듯 형제들같이 어깨를 맞잡고 이웃을 이룬다.

마을로 이어지는 콘크리트 포장 길 위에는 한 무리 글동무들이 소란스럽게 떠들며 웃음꽃이 수면 위에 꽃 나불이듯 만발이다. 언제 어디서나 그러하듯 남자들의 분위기는 건조하고 무뚝뚝하다. 길 위에서 만난 남여동무들은 누군가의 제안으로 물결 곱게 찰랑이는 물가로 내려가서 돌팔매질을 하자고 제안하자, 모두가 좋아하며 동심으로 돌아간 듯 물가로 내려섰다. 평소에 과묵한 태헌이가 내가 돌팔매질 하나는 자신이 있다며 발아래 지천으로 깔린 돌을 고른다. 이에 질세라 연희가 무슨 소리를 하느냐며 내가 오늘 최고의 물수제비를 뜨겠다며 호언장담이다. 뒤이어 은영, 선화, 현희도 자신감을 내보이며 허리 굽혀 팔매질 돌을 고르느라 여념이 없다.

태헌은 돌을 들고 허리를 뒤로 젖히며 창을 던지는 로마병사처럼 자세를 취하고 치켜 올린 팔을 앞으로 힘껏 뻗었다. 순간 물위에 떨어진 돌은 미처 다음 동작을 연결해가지 못하고 풍덩, 수면 아래로 가라앉는다. 일행들은 한바탕 폭소가 터지고, 다음은 자신만만하게 연희가 나선다. 아무래도 돌을 던질 팔매자세가 아닌 것 같다고 생각하는 순간 던진 돌이 겨우 2~3미터 앞에 떨어져 그만 예선 탈락이다. 묵묵히 지켜보던 현세가 아이구 무슨 팔매질을 그렇게도 못하느냐며 자신이 한번 해보겠다며 나선다. 육중한 체구에서 나오는 강한 힘을 이용해 던지면 적어도 다섯 번 정도는 튕길 것으로 예상하고 눈여겨본다. 힘껏 수면 멀리 던진 팔매는 하나, 둘,

셋, 넷, 더 연결되지는 못하고 가라앉는다. "와아!" 하고 탄성이 일었고 그 친구는 으쓱하며 어깨를 젖힌다.

그걸 본 은영이 가만히 있을 리가 만무하다. "학이 오라버니 한번 해 봐요." 권하니 싱긋 웃으며 나들 잘 못한다며 돌을 고른다. 그 모습을 곁에서 지켜보며 "아랫배 불룩하게 부리는 팔매질은 틀렸네!" 라는 연희의 한마디에 모두 웃음이 터진다. 무슨 소리냐며 앞으로 나서서 어설프게 던졌건만 다행스럽게도 하나, 둘에서 돌팔매는 가라앉았다. 씨익 웃으며 기본으로 둘 정도는 튕겨야지 하는 그 모습이 믿음직스럽다.

여대까지 가만히 지켜보던 경희가 나선다. "석근이 오빠는 왜 안 던져요?" 하며 권하기에, "난 말이다. 갯가에서 짠물 먹고 자라서 던졌다 하면 기본 다섯이야." 라고 말했더니, 해보지도 않고 큰소리친다며 야유가 빗발이다. 이런 상황이니 하지 않는다고 할 수 없어 발아래 자갈밭에서 적당한 달걀 크기의 납작 돌을 골라 양껏 멋을 내며 수면 위로 던졌다. 너무 멀리 던졌다고 느꼈을 땐 물수제비를 두 번 만들고는 물속으로 가라앉는 순간이었다. 그것을 본 친구들에게 허풍이 너무 세다며 핀잔이 아닌 핀잔을 받으며, 내려섰던 계단을 올라 다시 길 위에 섰다.

산 섶을 깎아 해안을 메워 만든 길가에는 야생화가 지천이다. 넝쿨성 인동초가 연노랑 꽃술에 흰 꽃잎을 피워 만발이다. 해양성의 따뜻한 기후 때문에 일찍 핀 찔레꽃향도 코끝을 자극하고 폐부 깊숙이 옛 고향의 추억을 떠올리게 한다. 거친 포면의 바위를 타고 오른 마삭줄도 이제 막 꽃봉오리를 터트릴 참이다. 산촌을 시샘하듯 쫓아 낸 성장의 계절 6월은 연두색과

진녹색이 조화를 이루는 철이다. 어린 시절 이맘때면 보리타작한 보릿짚 더미 속에 파고들어 숨바꼭질을 하다 깜빡 잠이 들어 온 마을을 아이 찾아 등불을 켜고 다녔던 어머니 생각이 간절해진다.

내려온 길을 다시 오르면서 바라보니 저만큼 멀리 낡은 학교 건물이 보여 걸음을 멈추고 찬찬히 보니 이미 폐교가 된지 오래된 듯하다. 운동장에는 고기 그물과 잡다한 어구들이 쌓여있고, 잡초 우거진 교정은 아이들 발길 끊긴지 오래된 것 같다. 인구는 줄고 생활 여건은 좋아지다 보니, 힘겹게 살려하지 않고 고향 떠난 젊은이들로 이곳 어촌에도 공황상태가 되어 가는 것 같다.

가파르게 난 농로 오솔길을 따라 아침식사 시간에 맞춰 걸음을 재촉한다. "야, 여긴 마삭줄이 지천으로 서식하는 곳이네." 라고 했더니 뒤따르던 친구들이 이것 좀 하나 뽑아 달란다. 곁에 걷던 다른 이가 내가 뽑아줄게 하며 한줌을 움켜쥐고 힘주어 뽑았다. 뿌리는 떨어지고 줄기만 손에 잡힌 꽝이다. 아무래도 식물에 대해 조그마한 지식이 있는 내가 허릴 굽혀 두 줄기를 잡고 당겨 제법 그럴싸하게 뽑힌 줄기에 뿌리가 붙었다. 만족해하는 동무들의 얼굴에서 잠시나마 순진무구한 동심에 젖은 면면이 새삼 살갑게 느껴진다. 초노기를 지나 고희에 이르는 나이에 동심세계에 잠시 빠졌다. 내려올 때 멀리 바라보이던 포구 바다에서 햇살에 반짝이던 무수한 물비늘이 여전히 춤춘다. 그윽이 물비늘 속으로 빠져들며 인생무상을 깨물어본다.

生也一片浮雲起 (생야일편부운기) 삶이란 한 조각 일어나는 구름과 같고

生也一片浮雲滅 (생야일편부운멸) 죽음이란 한 조각 사라지는 구름과 같으니

生也本是無實体 (생야본시무실체) 생이란 본래 실체가 없는 것

한석근 | 『월간문학』 수필 등단(1988년), 시 등단. 대표에세이 문학회, 경남수필문학회, 울산시인협회장, 처용수필문학회장 역임. 수상: 동포문학상, 펜문학상, 영호남수필문학상. 저서: 수필집 『봄버들연가』 등 12권, 시집 『문화유적답사시』. E-mail: dr0300@naver.com

소주蘇州에서 만난 시인 장계

윤주홍

당대 시인 장계가 쓴 풍교야박楓橋夜泊이란 시가 석각비문으로 남아있어 더 유명하나, 시를 쓰게 된 연유에 얽힌 안타까운 전설이 마음을 애잔하게 울리기 때문이다.

중국 장강삼협에서 빼앗긴 여심旅心을 뒤로한 채 돌아오는 길에 소주에 들렀다. 역사유적이 많고 빼어난 경관이 동방의 베니스라 일컫는다. 운하가 발달한 수향의 도시로 평안한 마음이 드는 전원도시에서 호구산, 그리고 졸정원 한산사에 들렀다.

한산사는 양나라시절 건립되었고, 그 후 많은 세월을 거치면서 허물어진 것을 청대에 와서 재건된 것이다. 이 절의 처음 이름은 묘리보명탑원妙利普明塔院이라 불리었으나 당대에 이르러 한산이라는 승려가 살았다 하여 한산사로 개명되었다 한다.

원래 한산과 습득은 형제간이다. 형 한산의 부인이 동생 습득을 극진히 사랑하는 것을 알고 한산은 출가하여 중이 된다. 동생 습득도 형을 찾아 나섰다가 이미 중이 된 형을 따라 자신도 같은 승려의 길을 걷게 되었고 친구 풍간과 습득, 한산, 그렇게 삼승이 머물렀다는 전설과 함께 그 석상이 유명하다. 더불어 한산사의 종소리가 맑고 은은하여 유명한 볼거리로 예부터 많은 사람들이 찾아 모여든다.

하지만 당대 시인 장계張繼가 쓴 「풍교야박楓橋夜泊」이란 시가 석각비문으로 남아있어 더 유명하나, 그보다는 시를 쓰게 된 연유에 얽힌 안타까운 전설이 긴 세월동안 구전되어 듣는 이들 마음을 애잔하게 울리기 때문이다. 선비 장계는 과거에 응시, 세 번씩이나 낙방한다. 실의에 빠진 그는 집에 돌아오는 뱃길에 날이 저물자 한산사 가까이에 있는 풍교風橋 아래 배를 정박하고 하룻밤을 새기로 한다. 하지만 자신의 좌절감보다 장원급제를 고대하고 있을 어머니, 아내의 실망한 얼굴이 떠올라 오히려 시름은 더 깊어지는데 때마침 적막을 흔들며 울려오는 한산사의 한밤 종소리에 감흥을 얻어 지은 시이다.

그저 시비 앞에서 오래도록 발걸음을 옮기지 못하는 것도 시에 얽힌 장계의 수민愁悶에 깊이 빠진 심사에서이리라. 귀국 비행기에서 장계의 시 풍교야박을 다시 한 번 읽어 본다.

楓橋夜泊 (풍교야박)

月洛烏啼霜滿天 달 지자 까마귀 우짖는다. 서리 발 가득한 하늘아래

江楓漁火對愁眠 풍교 강가 고기 배 불빛 시름 더 깊어 잠 못 이루는데

姑蘇城外寒山寺 고소성 밖 한산사

夜半鐘聲到客船 한밤 종소리는 잠 설친 나그네 배에까지 울려오는구나.

윤주홍 | 『월간문학』 수필 등단(1990년). 국제PEN클럽 회원, 한국수필가협회 이사, 기독교수필문학회 부회장, 대표에세이 전국회장 역임. 수상: 펜문학상, 동포문학상, 한국수필문학대상, 장로문학상, 서울시민대상. 저서: 수필집 『어느 달동네 의사의 작은 소망』 『낙조에 던진 사유의 그물』, 시조집 『포구 가는 길』 등. E-mail: Inbo34@naver.com

쉼
둘

나이아가라 폭포

이은영

"나이야 가라!" 깔깔대며 큰소리로 외치던 예쁜 언니는 이듬해 나이만은 늙지 않게 멈춰 놓고 천국으로 가셨다. 미인은 명이 짧다는 것을 증명이라도 하듯이….

여행을 좋아하기도 하고 많이 했다고도 할 수 있겠지만 역시 가장 인상에 남고 기억하고픈 곳이 나이아가라 폭포이다.

35년 전 여정회 형님들과 미국 샌프란시스코를 거쳐 캐나다 토론토를 경유하여 나이아가라를 왔었다. 이번엔 캐나다의 퀘벡과 몬트리올 등 꽃에 둘러싸인 아름다운 도시를 보고 공유 주연의 드라마 〈도깨비〉로 화제가 된 높은 아름다운 성 같은 호텔에서 묵게 되었다. 우리 가족은 남편과 나, 딸과 손녀딸 2명 총 5명이다. 밖으로 나와 꽃으로 장식된 거리의 레스토랑에서 축배를 들기도 했지만 옛날의 캐나다를 느낄 수는 없었다.

내가 기억하는 것은 밤프 쟈스퍼 보우강 등 호수색깔이 아름답던 레이

크 루이스에서 긴긴 담뱃대 같은 호른을 불어 주던 멋진 캐나다 아저씨, 영화 〈돌아오지 않는 강〉에서 마릴린 먼로가 구두 한 켤레를 어깨에 메고 뗏목을 타고 건너던 보우 강, 조용하기만 했던 시골길, 곰들과 사슴들이 우리의 버스 앞을 서성이고 어슬렁거리던 숲길의 한적함, 설산의 잉크색 파란 만년설과 입이 시리도록 마셨던 얼음 녹은 물. 야외온천탕, 쌍무지개가 바로 내 앞에 떠 있던 언덕과 계곡 등 그런 곳들은 다시 만날 수 없었다. 다시 만날 수 있었던 것은 변함없이 쏟아지는 폭포의 물줄기, 그리고 그 천둥 치듯 울리는 폭포소리였다. 35년 전에도 그 강 폭포의 소리는 웅장했고 하루도 쉬지 않고 흐르고 쏟아져 내리고 있었다는 것이 놀라웠다.

그때 우리의 일행은 10명. 나이아가라폭포를 배경으로 한 줄로 서서 가이드가 시키는 대로 외쳐대며 사진을 찍었다.

"나이야 가라!"

깔깔대며 예쁜 언니는 큰소리로 외쳤다.

"나이야 가라!"

그러나 언니는 바로 이듬해 나이만은 늙지 않게 멈춰 놓고 천국으로 가셨다. 미인은 명이 짧다는 것을 증명이라도 하듯이… 늘 내 마음에 상처가 되었었다. 살아있음의 아름다움이여! 나는 살아서 내 가족과 딸과 손녀들과 다시 또 왔다.

살아있음의 아름다움이여!

하나. 안갯속의 숙녀

우리는 배를 타고 폭포 쏟아지는 밑으로 가서 우비를 뒤집어쓰고 폭포 물을 맞으며 물안개 자락으로 안아주는 나이아가라 그녀와 포옹했다.

둘. 헬기를 타고

앞에서 폭포가 쏟아져 내리는 것을 바라보며 하늘에서 바로 쏟아지는 것으로 착각이 되었다. 그 폭포 위에는 무엇이 있을까 궁금했다. 폭포 위에는 강물의 물줄기가 있는 나이아가라 시티가 있어 강가에 살고 있는 집들과 사람들을 헬기를 타고 볼 수 있었다. 여러 개의 강줄기가 합쳐서 폭포가 되어 떨어졌나. 뿐만 아니라 폭포 밑의 물줄기가 떨이져 회오리치럼 돌며 갇히고 서서히 밀려 강으로 빠져 나가는 모든 것을 볼 수 있다.

셋. 젯트 보트를 타고

흥을 돋우는 캐나다의 아가씨는 얼굴도 예쁘고 춤도 잘 추었지만 노래도 모르는 것이 없었다. 가수 싸이의 '오빤 강남스타일!' 춤을 출 때는 절정이었고 모든 스트레스가 다 날아간 것 같았다. 보트의 운전기사는 빠르게 달렸다가 계곡 바위에 부딛힐 듯 또 뒤집힐 듯 파도 속에 묻혀 빠져버린 듯 했다가 솟아났다. 뒤에 앉은 좌석은 물에 젖는다고 다른 팀들은 안탄다는데 우리 손녀딸들까지 다 뒤로 가서 강물에 빠졌다가 나오는 스릴을 즐겼다.

넷. 바람의 동굴

동굴은 없다. 옵션 이름이다. 우비를 입고 폭포 밑을 걸어 음이온을 즐기는 것이다. 나는 그 시간에 혼자서 폭포 싸이드에 자란 들꽃들을 보며 폭포 바로 옆에 있었다. 위에서 보고, 옆에서 보고, 앞에서 보고, 강물에 빠져도 보고, 그리고 나이아가라 호텔에서 폭포소리 자장가로 들으며 폭포를 정면으로 가까이에서 바라보다가 잠이 들었다. 너무 아름답고 신비한 것들을 한꺼번에 다 보아버려 앞으로 내 감정이 메말라버리고 심드렁해지면 어쩌나 걱정이다. 하지만 난 말할 수 있다.

나이아가라 폭포 만큼은 확실하게 보고 느꼈노라고.

이은영 | 『월간문학』 수필 등단(1990년), 문파문학 시 등단(2012년). 수상: 서울찬가 최우수상(1990), 동포문학상, 김소월문학상 본상. 저서: 수필집 『이제 떠나기엔 늦었다』, 시집 『꽃밭에서 별을 헤며』 등. E-mail: 3050rose@hanmail.net

대마도 기행

안윤자

역사의 뒤안길을 더듬으며 눈에 서리는 얼굴이 있었다. 덕혜옹주의 모습이다. 정략결혼으로 맺어진 그녀의 삶은 애처로웠고 지난하였다.

대마도를 여행했다. 일본 나가사키현에 속한 열도로 쓰시마라 불리는 이 땅은 한국과 규슈 사이에 남북으로 길쭉하게 누워 있는 아주 조그만 섬이다. 우리나라 영토에서 가장 근접한 외국 땅인 것이다. 부산에서 이즈하라항까지는 쾌속선으로 두 시간도 채 못 걸리는 근거리다 보니 당일치기 여행객도 상당수라 한다. 우리 역사와 얽히고설킨 사연이 많은 이국의 섬 대마도에 대해 유독 관심이 많았다. 무엇보다 그 땅은 대한제국의 유일한 황녀인 덕혜옹주와도 연관이 깊은 장소였기에 그곳에 가면 그녀의 잔재나마 접할 수 있지 않을까 싶은 기대심리도 작용했으리라. 거기 동반되는 인물로서 덕혜옹주의 남편이었던 대마도 번주 소 타케유키 백작이라는 한 남자에 대한 관심 또한 지대하였다.

총면적 708km²로 제주도 면적의 38%에도 못 미치는 변방의 요새인 대마도는 본토보다도 남해의 거제도 쪽으로 더 붙어 있다. 대마도에서 가장 가까운 후쿠오카와의 거리가 138km인데 비해 쾌속선이 뜨는 부산에서는 49.5km에 불과하다. 거제도에선 그보다도 더 지척인 45km의 근거리다. 이처럼 지리적으로 한반도와 밀접해 있는 관계로 대마도는 일찍이 조선통신사의 내왕이 빈번하였고 외교 문화적인 요충지로서 그 역할이 지대하였다. 이러한 지정학적 영향에 기인하여 대륙의 선진문화가 한반도로부터 일본본토로 유입되는 중계지의 역할을 오랜 세기 담당하였다.

이제서야 발을 디딘 대마도는 푸르고 맑은 초록의 섬이었다. 섬나라 속의 섬이라서인지 때 묻지 않은 자연이 지순하고도 원시적인 자태를 간직하고 있다. 면적의 89%가 산악지대인 까닭에 공기 또한 맑고 촉촉했다. 울울창창한 삼나무와 편백, 단풍나무 삼림에 폭 감싸인 채로 바다 한가운데 두둥실 떠 있는 새파란 에메랄드 원석과도 같은 느낌이랄까.

에보시다케 전망대에서 저 멀리로 내려다보이던 리아스식 해안의 절경과 그림처럼 떠 있는 겹겹의 섬들. 그곳 토요타마쵸에 물안개처럼 아련하게 펼쳐진 아소만을 마주하고 앉은 와타츠미 신사는 한없이 적요하였다. 신화의 나라 일본에서조차 최고最古로 전래되는 토요타마히메와 호호데미 해신을 주신으로, 용궁전설이 전해오는 유서 깊은 신전이다. 본전 정면에서 일직선으로 서 있는 다섯 개의 토리이鳥居 중 아소만 바다에 세워진 두 개의 토리이는 조수에 따라 그 모습을 달리하면서 신묘한 기운을 해궁에 부여해 주고 있는 듯이 여겨졌다. 그로부터 멀지 않은 대한해협과 쓰시마 해협이 만나는 곳으로 군사방어의 거점이었다는 절벽에 이르니, 세찬 물살의 유동이 느껴지던 쓰쓰자키 해변의 고요는 흘러간 역사의 파동처럼 장중하였다.

시가지도 어딜 가나 발끔했다. 상주인구가 17,000명 정도라니 현지인을 구경하기 어려운 거리에서 마주친 인파라는 게 고작 한국관광객들인지라 일본말보다도 한국말소리가 더 크게, 자주 들려왔다.

이런 배경 때문일까. 처음 방문한 외국임에도 주도 이즈하라의 풍물들이 낯설지가 않다. 아니 아주 오랜만에 찾아온 고향 땅이라도 되는 듯이 눈에 익었다. 걷다 보면 몇 번이고 원점으로 다시 되돌아오게 되는 좁은 시가지인 데다 시내 한가운데를 관통하는 냇물가의 정경까지도 어쩌면 내가 자란 동네의 분위기와 그리도 흡사하던지, 그 점이 너무도 정겹고 신기했다.

그뿐 아니다. 도시 중심부에 오도카니 박혀있는 작고 오래된 적벽돌의 우체국 건물이라니! 그 정문 앞에 우뚝 버티고 서 있는 아주 커다란 빨강색 우체통을 발견한 순간 얼마나 놀랍고 반가웠는지 모른다. 꿈에서라도 되돌아가 보고 싶었던 그날의 거리가 그곳에선 과거의 장이 아닌 지금 여기의 현실로 재현되고 있었다. 신통하게도 대마도는 이미 사라졌거나 변형되어 이제 다시는 볼 수 없게 된 옛 정취들을 고스란히 보존한 채로 머물고 있는 동네였다. 낡아진 흑백사진첩 속의 추억 같은 정다움으로.

옛날 내 고향 시가지의 지표가 되어줬던 냇물다리 앞 붉은 벽돌집인 우편국 건물. 그리고 깨알처럼 써 내려간 편지의 수신인 주소를 뚫어지게 쳐다보며 몇 번이고 망설이다 집어넣으면, 심장 뛰는 소리인 듯 툭 하고 떨어지던 그 둔탁한 울림. 그때의 몸집 큰 빨강색 우체통이 대마도 이즈하라 시내 우편국 앞길로 걸어가다 보면 거기 옛날처럼 똑같이 그 자리를 지키고 서 있다.

확 부수고 개발하지 않은 듯 100년 전의 원형이 실체로서 건재하는 시가지의 나지막한 관청 건물들과 낡은 다다미 목조주택들도 여행자의 눈과 가슴을 순하게 다스려주었다. 유구한 것들이 풍기는 편안함이었으리라.

한국과 관련된 흔적을 찾아서 구불구불 좁다란 골목길을 누비다 보면 곳곳에서 발걸음이 멈춰진다. 나고 자란 동네의 골목길과 너무도 흡사한 풍경들 때문인지 타임머신을 타고 과거의 시계로 문득 날아들은 듯, 걸어온 길을 자꾸만 뒤돌아보게 하는 것이다. 좁다란 골목집들 담벼락마다에 붙어 있는 손바닥만 한 꽃밭 모양새며 그 갓가에 무심히 놓아둔 잡동사니까지 어찌 그리도 익숙하던지. 아무래도 전생의 옛터를 찾아와 배회하고 있는 것만 같아서 몽롱해지는 기분이었다. 그러고 보니 근현대사에 이르러 우리도 모르는 새 일본의 풍속을 속속들이도 흡수한 채 살고 있지 않았나 돌아보게 한다. 무엇보다 국권을 피탈당한 식민지배의 시간대를 건너오던 사이에 자연스럽게 뒤섞여진 문명 간의 혼합물이었으리라.

이렇듯 대마도는 일본의 여타 대도시들에선 공감되지 않았던 정겨움을 실감케 해주었다. 그것은 우리 땅에서 너무도 지척에 붙은 외국이라는 점과, 고맙게도 그 섬이 훼손되지 않은 원형을 간직해주고 있었다는 점, 그런 특성으로 곳곳에 산재한 선조들의 발자취를 접할 수 있었기 때문이 아닌가 한다. 신묘하게도 대마도는 본토인 일본 열도를 향하고 있는 것이 아니라 대한해협 쪽의 한국 영토를 바라보고 있는 듯이 여겨졌다.

역사의 뒤안길을 더듬으며 눈에 서리는 얼굴이 있었다. 덕혜옹주의 모습이다. 정략결혼으로 맺어진 그녀의 남편은 대마도의 마시막 영주였던 소 타케유키 백작이었다. 그리고 그녀의 삶은 애처로웠고 지난하였다.

1925년 열세 살에 유학이라는 미명아래 끌려간 고종황제의 고명따님 덕혜옹주(1912~1989)는 1931년 5월, 대마도 번주의 후예인 소 타케유키(1908~1985) 백작의 부인이 된다. 일본 황실이 치밀하게 시도한 식민지 조신황족의 정략결혼 술책에 따른 강요당한 혼사였다. 기없게도 결혼 일 년 전쯤부터 발병된 조발성 치매증이라는 정신병을 덕혜옹주는 이미 앓고 있었다. 결혼 후 병세가 더욱 악화되었고 여러 난관에 봉착했을 이후의 삶이 예견된 처절한 불행의 연속이었음은 두 말할 나위 없다.

12세기부터 소씨(宗氏) 문중의 봉토였다는 대마도를 덕혜옹주는 1931년 10월 남편이 된 소 백작과 함께 그녀로선 처음이자 마지막으로 방문하였다. 백작 부부의 결혼 후 첫 영지방문을 기념하여 대마도의 조선인들이 세웠다는 덕혜옹주결혼봉축기념비가 무심한 그날의 증표인 양, 가네이시 성터 한쪽 모퉁이에 이끼 얹힌 성채처럼 서 있었다.

안윤자 | 『월간문학』 수필 등단(1991년), 충남공주 출생. 경원대학교대학원 국문학과 졸업, 전 서울의료원 의학도서실장. 월간사보편집장. 한의도협 이사 및 편집장, 한국문인협회, 펜클럽, 대표에세이문학회 회원. 저서: 수필집 『벨라뎃다의 노래』 『연인4중주』 외 다수의 공저, 논문 『윤동주 시 연구』, 집필 『서울의료원 30년사』 『경동제약 30년사』 등. E-mail: nagune5@hanmail.net

막내딸과의 여행 에피소드

김사연

비행기를 탑승할 수 없으니 아기를 남겨두고 떠나든가 아니면 함께 여행을 포기하라고 했다. 나는 대형 여행용 가방 안에 막내딸을 숨겨 출국장을 빠져나갈 수 없을까 하는 어이없는 상상까지 했다.

태국을 처음 방문한 것은 25년 전 2월 어느 날이었다.

추운 겨울엔 더운 나라로, 무더운 여름엔 추운 나라를 여행하는 것이 현명하다는 생각에 태국을 선택했는데 현지에 도착하자 속에 입고 간 두터운 내복이 문제였다. 부리나케 화장실에 들어가 내복을 벗어 가방에 넣으며 귀국해서도 화장실에서 다시 갈아입을 생각을 하니 쓴 웃음이 나왔다.

태국 여행을 반복하는 동안 평생 잊지 못할 추억 거리를 안겨준 것은 첫 번째 이후 7년 만에 다시 찾은 두 번째 방문이었다. 아내는 이슬람의 수상식당에서의 싱싱한 바다가재와 바이킹 제비동굴에서 채취한 제비집 요리를 즐겼던 '푸켓'에서의 낭만을 잊을 수 없다며 잠꼬대를 하기에 소원을 들어주기로 했다.

처음 여행은 우리 부부 둘 뿐이었지만 두 번째에는 여섯 살 늦둥이 딸을 동반했다. 태국 여행 때마다의 공통점은 병치레였다. 첫 번째 여행 때는 낮에 빙과류를 많이 먹은 것이 탈이 나 귀국 전날 짐을 챙기는 아내 옆에서 심한 복통을 참지 못하고 결국 의사의 왕진을 청했었는데 두 번째 여행엔 늦둥이 딸이 신음을 토하며 신열을 앓았다. 한국에서 출발 전부터 소화불량과 미열 증상이 있었던 어린 것이 야간 비행 중 수면 부족에 시달리며 더 악화된 듯싶었다.

이튿날, 35도가 넘는 뙤약볕을 받으며 강행군을 하던 우리는 결국 중도에 일정을 멈춰야 했다. 혼자 몸으로도 열대지방 관광이 힘에 벅찬 약체 질의 아내가 여섯 살 배기 딸을 업고 에메랄드 사원과 왕궁을 관광을 해야 하니 고역이 아닐 수 없다. 왕궁 안 도로변에 주저앉아 기진맥진한 어린 딸을 품에 안고 눈물을 흘리는 아내의 모습에 관광객들은 걸음을 멈추고 측은한 눈길을 보낸다. 가이드는 다른 관광은 생략해도 태국 관광청에서 지시한 진주 보석상 관광은 생략할 수 없다며 강행을 한다. 신명이 나서 입을 다물 줄 몰랐어야 했을 딸아이는 태국 전통 보트를 타고 방콕 시내 관광을 하는 중에도 두 눈을 감은 채 얼굴을 찡그리고 있다.

가이드의 노력으로 우리는 예정보다 2시간 앞서 '푸켓'행 비행기에 오를 수 있었다. 식은땀을 흘리며 한숨을 내쉬는 딸아이를 꼭 안은 아내는 목적지에 착륙할 때까지 눈물을 뚝뚝 흘리고 있다. 7년 전 낭만 어린 추억을 더듬으려 재촉한 여행이 오히려 딸에게 화를 자초했다는 자격지심 때문이리라.

그날 밤, 우리 부부는 가이드의 선택 관광 유혹을 뿌리친 채 밤새워 딸의 병간호에 몰두했다. 감기약을 미리 조제해 갔지만 차도가 없어 물수건으로 해열시키는 방법을 병행했다. 이것마저 효과가 없으면 급성 폐렴으로 악화되기 전에 서둘러 귀국을 하는 수밖에 없었다. 이런 와중이니 마음껏 포식하려고 구입한 태국 과일의 여왕이라는 '망고스틴'조차 그림의 떡일 수밖에 없었다.

문득 막내딸 때문에 애간장을 태웠던 말레이시아 여행이 떠올랐다.

말레이시아 여행은 막내딸이 태어난 지 3개월이 안 되던 1995년 여름, 인천송도고등학교 출신 약사 부부들의 모임인 '송우회' 회원들의 여름휴가 때 이뤄졌다. 이 여행이 지금도 추억의 가슴 한편에서 지워지지 않는 이유가 있다. 출국장 입구에서 숨 막히는 긴장의 순간을 겪었기 때문이다. 여행을 준비하는 과정에서 가이드는 막내딸의 서류와 경비에 대해 일언반구도 없었다. 아기를 동반한 여행 경험이 없었던 우리 부부는 영아이기 때문에 모든 것이 면제되나보다 생각했다.

그러나 사단은 김포 출국장에서 터졌다. 가이드는 우리 부부가 막내딸의 여행서류를 제출하지 않아 비행기를 탑승할 수 없으니 아기를 남겨두고 떠나든가 아니면 함께 여행을 포기하라고 했다. 아무렇지 않게 말하는 그의 표정을 보는 순간 저승사자와 포청천이 따로 없다는 생각이 들었다.

아내는 서울 외곽에 사는 작은 언니에게 전화를 걸어 자초지종을 설명한 후 속히 김포공항으로 와서 막내딸을 데려가라고 간청했다. 처형이 도착할 때까지 일행은 시계에서 눈을 떼지 못한 채 불안한 마음을 감추지 못했다. 일행에게 죄송함을 금할 수 없었던 나는 대형 여행용 가방 안에 막내딸을 숨겨 출국장을 빠져나갈 수 없을까 하는 어이없는 상상까지 했다.

비행기 탑승을 서두르라는 공항 안내 방송이 나올 무렵 온 힘을 다해 출국장을 향해 달려오는 여인의 모습이 보였다. 처형이었다. 한여름 더위에 기초화장조차 못한 얼굴엔 구슬 같은 땀방울이 빗물처럼 흐르고 있다. 공항으로 오는 택시가 신호대기에 걸릴 때마다 처형의 가슴은 얼마나 까맣게 탔을까. 아내가 막내딸을 언니에게 안겨주는 순간 일행은 환호와 박수를 보냈다.

비행기 안에서 우리 부부는 이 사단의 원인을 생각해 보았다. 영아의 비행기 탑승에 대해 가이드가 전혀 몰랐던 것일까. 평소 여행사 대표에 대해 불만을 털어놓았던 가이드가 대표와 가깝게 지내는 우리 일행을 일부러 골탕 먹이려 한 짓이었을까. 하지만 비행기가 쿠알라룸푸르의 '수방'비행장에 착륙할 때가지 결론을 내리지 못했다. 단지 돌다리도 두드리며 건너지 않은 자신을 탓할 뿐이었다.

다행스럽게도 새벽이 되자 늦둥이 딸의 열은 거짓말처럼 사라졌다. 이틀 동안 아무것도 먹지 못했으면서도 관광을 재촉했다. 신기한 일이라기보다 오염되지 않은 공기 덕분이란 생각이 들었다.

'피피'섬으로 항해하는 선실에서 아내와 딸아이가 지난밤 설친 잠을 보충하는 동안 가이드와 갑판으로 나와 안도의 한숨을 쉬며 맑은 공기를 한껏 마셨다. 인천 앞바다에서 유람선을 탔을 때 느끼지 못했던 동남아 열대풍과 초록빛 바닷물은 이국의 정취를 실감나게 해 주었다.

여객선이 목적지에 도착하자 어젯밤 부족한 수면을 보충한 모녀는 한

층 밝은 얼굴로 야자수가 우거진 해변에 발을 디뎠다. 물속에 몸을 담그고 나면 아이들의 감기 증상이 더 악화되는 전례와 달리 딸아이는 물놀이를 즐기고도 탈이 없었다.

소원했던 제비 동굴 관광을 마친 후 '팡아'만을 향하는 보트에서 멀리 이슬람의 수상 가옥들이 보이기 시작하자 아내는 흥에 겨워 어쩔 줄 몰라 한다. 이번 여행의 목적은 뭐니 뭐니 해도 바다가재 요리를 즐기는 것이었기 때문이다.

식사가 끝날 무렵 식당 종업원은 커다란 대접에 보리차 같은 물을 담아 왔다. 숭늉이려니 생각하고 밥그릇으로 퍼 마시려는 순간 가이드는 깜짝 놀라 내 손을 잡는다. 대접에 떠온 물은 보리차도 숭늉도 아닌 바다가재를 만졌던 손을 씻는 세숫물이라는 설명에 우리는 박장대소하지 않을 수 없었다. 만에 하나 모르고 마셨더라면 식중독으로 또 한 번 의사 왕진 신세를 졌을 것을 생각하니 소름이 돋았다.

여행의 마지막 날이 밝아 오자 딸아이는 언제 아팠냐는 듯 집에 가지 말고 오빠들을 불러다가 이곳에서 살자고 보챈다. 이번 여행의 출발을 후회하며 딸아이의 병세가 악화되면 첫날 일정을 마치고 되돌아가려고 할 만치 불안했던 여행은 다행스럽게 유종의 미를 거두며 우리 가족의 가슴 한 모퉁이에 지워지지 않는 추억을 남겨 놓았다.

김사연 | 『월간문학』 수필 등단(1991년). 수상: 인천시문화상(문학부문)(2014). 저서: 수필집 『그거 주세요』 『김 약사의 세상 칼럼』 『상근약사회장』 『펜은 칼보다 강하다』 『진실은 순간 기록은 영원』 등.
E-mail: sayoun50@hanmail.net

길 따라 정 따라

정인자

섬을 볼 때면 늘 말줄임표(…)가 떠올랐다. 그 말줄임표의 섬들이 느낌표(!)로 힘차게 도약하는 것을 느꼈다. 나로도는 한껏 기지개를 켜고 있었다.

'남도수필', 지금은 고인이 된 'ㅈ' 교수님이 처음 만들었던 모임이다. 그 회원들과 인연을 맺은 지 어언 이십여 년, 나에겐 첫정이다. 곰삭은 그 정 때문에 글쓰기란 끈을 애써 붙들고 있는 건지도 모르겠다. 동인지 '우리들의 사랑 법' 출판 기념회를 광주에서 갖는다고 했다. 회원 한 사람이 빠지고 광주 외의 타지에 사는 사람은 이제 나 혼자다. 병고 후 그 누구도 동행하지 않고 처음으로 혼자 떠나는 여행이다.

2월 초, 아직은 동장군이 버티고 있어 살갗을 파고드는 공기가 싸늘하다. 그럼에도 반가운 얼굴들 만날 생각에 마음속엔 벌써 봄바람이 살랑거린다. 검정코트 차림의 젊은 여인이 종이컵에 든 뭔가를 홀짝거리며 스쳐 지나간다. 훅 코끝에 스미는 커피 향, 라일락 향기라도 되듯 그 향에서조차 봄 냄새가 묻어나는 것만 같았다.

수서역에 SRT 열차가 생긴 건 참으로 반가운 일 중 하나였다. 집에서 가까워 출발하기 좋고, 한 시간 사십 분이면 송정리역에 닿는다. 6년 만에 딛게 되는 광주 땅이다. 그곳에서 십여 년 넘게 살았기에 광주는 아이들의 성장기가 서려 있는 곳이고, 내 중년의 추억이 오롯이 담긴 곳이다. 그래서 고향 다음으로 친근감이 가는 도시다.

황송하게도 송정리역엔 회원님들이 승용차로 마중을 나와 주었다. 광주에서 모임이 있을 줄 알았는데 뜻밖에도 나로도까지의 여정이 준비된 모양이었다. 광주에 살 때도 한 번도 가보지 않았던 곳이라 그도 나름 의미가 있을 것 같았다. 총무를 맡고 있는 그녀의 고향이 나로도라고 했던가. 그녀가 삼십대 초반 풋풋했을 때 우리는 그녀를 '미스 남도'라 칭했었다. 그녀가 작년 동인지에 '어떤 화해'란 제목 하에 고향 얘기를 했었던 게 기억이 났다. 어둠 속에 홀로 앉아 고향 바다를 응시하며, 불우했던 유년 시절에 손 내밀어 40년 만에 고향과 화해했다는 내용이었다. 유행가 가사에도 있던가. 그 길이 꽃길이라 해도 다신 돌아가고 싶지 않다고…. 인생살이에 한 번도 힘든 고비를 겪지 않았다면 그야말로 천운을 타고난 사람이리라.

두 시간이면 충분할 줄 알았던 일정이 섬 비경을 따라 굽이굽이 돌다보니 어둑해서야 숙소에 도착할 수 있었다. 나로선 하루 종일 차를 탄 셈이다. 몸은 눕고 싶을 정도로 고단한데 마음은 흔쾌했다. 오로지 나 때문에 나로도 우주 센터까지 가게된 것은 사무치게 고마운 일이었다. 그녀가 살았던 옛집, 초등학교, 물놀이 했던 백사장, 아버지의 작은 마나님이 살던

집 등등, 그녀는 목이 잠길 정도로 가이드 역할을 톡톡히 해냈다. 신기한 건 보물 몇 호라고 지정된 듯 마을과 집들이 그대로 보존되고 있는 점이었다. 그녀가 가장 부자라고 가리킨 집도 요즘의 중산층집만도 못했다. 그만큼 우리 모두 어려웠넌 시절이었으리라. 역사에 남을 유명인의 발자취가 아니면 어떠하리. 한편으론 열심히 모질게 살아 온 한 회원을 더 깊이 이해하는데 모자람이 없는 시간이었다.

동해와는 달리 남해의 절경은 다도해다. 나이 드니 꽃은 물론 나무의 뿌리에도 시선이 가듯 거센 풍랑에도 불변하게 똬리 틀고 있는 섬의 뿌리가 보인다. 그 뿌리의 힘과 유구한 역사를 도무지 유추할 수 없기에 섬을 볼 때면 늘 말줄임표(…)가 떠올랐다. 그런데 섬과 섬 사이에 교량이 생기면서 그 말줄임표의 섬들이 느낌표(!)로 힘차게 도약하는 것을 느꼈다. 나로도는 한껏 기지개를 켜고 있었다.

눈동자를 물들일 것 같은 파노라마처럼 이어지던 쪽빛바다, 잔잔하게 귀를 적시던 파도소리, 싱그러운 갯내음, 천혜의 자연경관에 마음속 오물이 씻겨 내려가는 기분이었다. 한 가지 더 반가운 건 숙소 마당에서 만난 선홍빛 동백꽃이었다. 겨울 동백꽃은 봄이 오는 신호탄이다. 간밤에 비가 조금 뿌렸던 것일까. 상기된 빰에 영롱한 물방울이 맺혀있다. 순정어린 그 모습에 첫사랑 소녀처럼 괜스레 가슴이 설렌다. 지금쯤 내 고향 어느 섬에도 동백꽃들이 수런거리기 시작할까. 아무리 빼어난 경치도 동행이 없으면 자칫 무채색이다. 스스럼없는 정인들과 함께했기에 기쁨도 행복감도 배가 되었다.

안타까운 건 세월이 흐르다 보니 아픈 회원도 생기고, 아니면 부군이 아프기도 한다. 그럼에도 동참했던 회원들, 싫은 내색 없이 종일 운전했던 두 분 선생님, 밤 깊도록 웃음꽃을 피웠던 회원들, 벌교에선 왜 이 사람만 비싼 꼬막정식을 시켜주었는지, 찬바람 맞으며 역사에 남아 전송해주었던 회원은 모시송편을 세 뭉텅이나 가방 안에 꾸역꾸역 넣어주었다.

호되게 앓은 후론, 만남은 더없이 소중해지고 이별엔 한없이 약해졌다. 아쉬운 이별로 가슴이 먹먹한데 속없는 기차는 어둠을 헤치며 잘도 달린다.

남도수필 회원님들! 감사합니다. 사랑합니다. 부디 오래오래 건재하시옵소서!

정인자 | 『월간문학』 등단(1991년). 한국문인협회 회원, 남도수필 회원. 수상: 대한문학상. 저서: 수필집 『해 돋는 아침이 좋다』 공저『우리들의 사랑법』 등. E-mail: jiiydh@hanmail.net

마음일기

윤영남

마음공부의 첫 기회로 마음일기를 쓰면서 맞고 틀린 것보다 같거나 다르다는 것에서부터 분별하는 지혜로움과 판단력이 중요함을 배웠다. "날 만나서 영광입니다!"로 인사말을 바꾼 채 나는 어느새 두 손을 모았다

'만나서 영광입니다!' 라는 현수막을 보면서 영광군에 도착했다. K마음훈련원에 가기 위해서다. 해안도로를 타고 달리는 기분은 벌써부터 마음의 문이 활짝 열리는 듯했다. 홀가분하게 자신과 만남의 기회를 갖고 싶었다. 웬만한 제약이나 규율도 잠시 미루며, 낯선 곳으로 2박3일의 일정을 엮었다. 청소년 시절의 풋풋한 설렘이 일렁거렸다. 마치 하늘의 흰 구름이 나를 향해 따라오는 듯하다. 뜻 모를 착각에 젖을 만큼 이미 나이도 잊었다. 정말, 이런 설렘이 얼마만인가.

'마음공부는 모든 공부의 근본이 되니라(mind practice is the basic for all other studies).' 벽면에 크게 쓰인 글의 내용을 읽으면서, 갑자기 내 마음속을 들여다보고 싶어졌다. 잠시 내 마음속부터 살펴보았다. 무슨 색깔인지, 무엇을 어떻게 보는지, 나의 위치와 걸음과 영향력은 얼마 정도인지.

어떤 고정관념과 잡념이 선입관으로 잡초처럼 자리를 잡고 자라는지를….

종교적인 프로그램도 많지만, 나는 가능하면 자유롭고 싶었다. 사람들은 마음이 편한 익숙한 곳으로 강의실을 선택했다. 누구나 익숙한 것이 편한 것은 사실이겠지만, 난 달랐다. 오히려 낯선 강좌를 선택하고 싶었다. 내가 낯익고 익숙한 곳, 내 몸에 젖은 익숙한 습관으로부터 벗어나려는 몸부림으로 여기까지 떠나왔으니까.

하지만, 전혀 다른 곳도 없었다. 아니 전혀 생소한 것도 없는 것이다. 누군가 해아래 새로운 것이 어디 있겠냐고 반문하는 소리도 들었다. 새로운 것을 찾고자 하는 나의 어리석음을 발견했다. 차라리 내 마음이라도 잠시 기웃거려 보겠다고, 두드린 곳이 마음일기를 쓰는 교실이었다. 이 또한 얼마나 익숙한 제목인가. 난 속으로 혼자 웃으며 맨 앞자리에 앉았다. 여기까지 와서 일기쓰기를 배우다니.

마음일기 첫 수업시간. 내 마음의 기상도를 먼저 적는다. 현재의 습도와 에너지의 척도 그리고 날씨는 어떤지? 난 에너지 온도로 95도라고 적었다. 내겐 무엇이든지 받아들이고 녹일 정도의 수용력이라고 자체 평가를 한 것이다. 또 인생의 순환으로 계절에 따라 눈보라도 쳤고, 폭풍우도 지났으니, 지금은 맑게 개임으로 적었다. 아니 쾌청하다고 쓰고 싶었지만, 스스로 조금 참기로 했다. 오늘 일어난 사건은 사진을 찍듯이 그대로 그리듯 쓰라고 했고, 경험한 것을 그대로 감정과 느낌을 적으라고 강사님은 가르쳤다. 그런데, 색다른 하나는 사건을 통하여 느낀 소득을 기재하란다. 이 대목에서는 나도 망설일 수밖에 없었다. 난 오늘 하루를 통해서 무엇을 느끼고 경험하면서 어떤 소득을 얻었는가.

마음일기 둘째 시간인데, 선생님은 그림 한 장을 보여줬다. 그림은 고추, 사과, 수박, 옥수수 등 갖가지 열매가 달린 소나무였다. 소나무엔 올망졸망 솔방울이 달려야 소나무이지, 이런저런 열매가 달려 있다면 소나무로서의 선명한 이해가 빨리 오지 않는다는 강조를 하기 위한 가르침이다. 그렇다. 하루가 아닌 일생을 통해서도 너무 여러 가지의 열매를 추구한다면, 인생의 가을에 진정한 수확은 무엇으로 얻겠는가.

비로소 나도 작은 여유를 찾아서 주변을 둘러보았더니, 다른 사람들의 표정도 의아해 보였다. 평소 글을 쓴다는 나도 망설이고 있지만, 성인들의 대부분이 간단한 메모가 아닌 일기쓰기에 부담을 가질 것이다. 내면의 자신을 들어내는 것도 용기려니와 사진처럼 묘사하고 그림처럼 상세히 그려낸다는 것이 그리 쉽겠는가.

눈치 빠른 강사님은 마음일기가 잘 안 써지는 이유란 폼 나게 쓰려는 생각 때문이라고 코치해 주었다. 한 줄이라도 쓰는 것이 중요하니까 쓰면서 생각하란다. 글이 글을 낳는 이자가 생겨서 문장으로 연결됨을 경험해 보라고, 선명한 한 가지의 주제를 떠올려서 가식 없이 그대로 쓰면 좋다고. 하지만, 가르치는 교육자와 배우는 학습자의 거리는 멀기만 했다. 그 순간에 난 나의 직업을 다시 생각해보게 되었다. 내가 이제껏 강단에서 가르칠 때 학생들은 어떻게 생각했을지. 지금 학습자로 앉은 내 입장에서 그들을 떠올려 본다면, 역지사지의 입장에서 차이점을 발견할 수 있으리라.

"오늘 지각을 했다. 선생님께 많은 꾸중을 들었다. 내일은 차라리 결석을 하고 싶다." 라고 쓴 어느 초등학생의 일기문을 사례로 들었다. 솔직한 느낌도 좋지만, 소득은 무엇인가. 우리들에게 던져주는 메시지였다. 우린 한바탕 웃음바다를 이루었다.

"할아버지께서 『치매예방법』이란 책을 어제 사 오셨다. 그런데 오늘도 사 오셨다. 우리 할아버지는 내일도 사 올 것 같아서 걱정이 된다."라는 두 번째 학생의 일기문을 보여줬다. 우린 또 웃었다. 하지만 남의 일 같지 않았다. 느낌이 공감되었는지 청중들도 잠시 조용해졌다. 여기에서 이미 학생의 할아버지가 한 행동은 치매가 걸린 것 같았으니까.

머뭇거리는 성인학습자들을 대상으로 마음일기를 쓴 시간은 두 시간이었다. 가르치는 분이나 배우려는 분이나 삶을 응시하는 진지한 눈빛, 감사하는 마음을 서로 공유하자는 마음의 약속이 더 중요했다. 몸을 지키고 가꾸는 것은 운동과 영양이겠지만, 마음의 날씨를 확인하고 생각을 그림처럼 형상화 시켜서 글로 쓴다는 것은 그 자체만으로도 치유요, 의미와 가치도 있는 유익한 과정이리라.

하지만, 삶을 통해 수많은 애환을 겪으면서 살아남은 경험담, 희로애락의 순간들이 한 번에 몰려온 물살 같지는 않을 것이다. 밀물처럼 밀려오는 순간의 역사적 현장이나, 썰물처럼 어느새 사라지는 물거품 같은 거듭된 상실감을 말로 다 할 수 없을 사연도 많으리라. 하루의 사건과 생각, 느낌을 쓰라는 일상의 마음일기조차도 망설이고 머뭇거리는 이유는 무엇일까. 누구에게 보일 것도 아니고, 발표를 하는 것도 아니라고 했는데도, 그냥 멍하니 앉은 사람들이 많았다. 그 무리 중에 한 사람으로 있는 나 역시 오늘의 일기 제목을 나중에야 이렇게 쓸 수 있었다.

동그란 하늘 - 우물 안에 개구리는 하늘이 동그란 줄만 알고 있었다. 자기가 몸부림치고 발버둥으로 물장구치는 소리가 첨벙 거릴 때마다 천둥소리처럼 스스로 놀랐다. 자기의 몸짓이 발짓으로 우물의 수면이 출렁일 때 세상도 함께 움직이는 줄로만 알았다. 하지만, 우물 속에서 연약한 개구리의 물장구치는 소리와 나뭇잎이 떨러지며 꽃잎이 지는 소리를 누구나 듣지는 못할 것이다. 세밀한 자연의 음성을 헤아리며 관심을 갖는 사람이라면 몰라도 어느 누구가 그렇게 관심을 갖겠는가. 다만 자기만의 몸짓으로 자연의 순리에 따르며, 우물 속에서 힘껏 뛰고 또 뛰어올라 세상 밖으로 나온 개구리처럼 다른 세계를 볼 수 있다면, 얼마나 다행스럽고 큰 축복이겠는가. 그 순간에 푸른 하늘이 더욱 선명하게 보여서 더 높고 넓으며, 넓은 들판에 비해 우물이 좁고 깊었다는 것을 깨닫게 되었다면. 나의 동그랗던 하늘도 건너 보이는 산과 연결되었다는 것을 이제야 볼 수 있음에 어찌 감사하지 않으랴.

이제껏 나도 초등학생들부터 중고등학생들, 대학생들, 성인과 주부들, 군부대 장성들까지 글쓰기와 집필기법, 그리고 수필창작기법을 강의해왔다. 그럴 때마다 일방통행처럼 강단이 무대처럼 혼자만 춤추는 무용수 같지는 않았는지 반성해 본다. 선지식과 선경험이란 도구로 학습자를 더 무겁게 부담을 주었는지도 모른다. 공감하고 공유하는 새로운 소통의 방법에 대하여 온 몸으로 느끼는 이 기회를 갖게 되어 진정한 감사를 느꼈다. 세상은 저마다 보고 느끼는 각도와 시선의 높이와 기대와 열정도 다를 것이다. 그 다름을 인정함이 우선이겠다. 아니 그 다름이 아름다움으로 볼 수 있다면 얼마나 좋겠는가. 학습자에 대한 교수의 이해력과 수용력이 기본 바탕이듯이.

마음공부의 첫 기회로 마음일기를 쓰면서 맞고 틀린 것보다 같거나 다르다는 것에서부터 분별하는 지혜로움과 판단력이 중요함을 배웠다. 자신을 알고 만나는 기쁨, 나만의 보폭과 반경의 둘레를 발견한 보람을 어디에다 비교할 수 있겠는가. 사소한 일상에서 일기를 쓰되, 마음으로 보이지 않는 손길과 눈길을 찾으며, 흐름에 순응하되 시점을 아는 지혜를 얻고 싶었다. 옹졸한 나, 부끄러운 나, 내세울 것이 하나도 없는 연약하고 부족한 내 속에 남은 에너지를 모두 합쳐서 사랑할 수 있는 자신, 도움을 줄 수 있는 자신, 감사할 수 있는 자신으로 거듭나리라.

"날 만나서 영광입니다!"로 인사말을 바꾼 채 나는 어느새 두 손을 모았다. 아무도 모르게 혼자서 인사말을 속으로 내게 보내며, 영광군 일대를 곧 떠날 버스에 올랐다. 이번 마음여행은 세심정혼洗心精魂의 일정인데, 같음과 다름의 아름다운 발견이랄까. 이미 부푼 소망으로 내 마음의 기상도엔 충천하는 흰 구름이 나풀거리듯 새털처럼 곱게 그려졌다. 익숙한 곳으로 돌아갈지라도 어제의 그림은 분명히 아니었다. 새롭게 그려진 하얀 새털모양의 구름을 따라서 내 마음조차 새처럼 자유롭게 날 것 같았다. 아는 만큼 느끼고 느낀 만큼 깨닫는다고 배웠듯이 내 마음도 한층 가벼워졌다. 알 수 없었던 내 마음의 무게도 마음일기로 비워낸 만큼 가벼워졌기에.

윤영남 | 『월간문학』 수필 등단(1992년) 『좋은문학』 시 등단 (2012년). 숭실대학교 평생교육학 박사, 교수, 시인, 수필가, 국제PEN한국본부 이사, 한국문협 이사, 강동문협 회장. 수상: 선사문학상. 저서: 수필집 『또 하나의 시작을 위하여』 등. E-mail: 2000yny@hanmail.net

이토록 멋진 윤회 – 강릉에 바치다

박미경

시공간을 초월해 강렬하게 내 안으로 들어온, 신성하고도
찬란한 순간들은 내 생의 어느 결에 신화처럼 간직되어 있다.

그것을 나의 신화적 순간이라고 부른다.

러시아 여행길에서 도스토옙스키의 손때 묻은 노트와 보잘 것 없는 소지품을 보며 파란만장한 그의 생애가 들어오던 순간을, 자신의 소설을 태워 달라던 카프카의 마음을 응시하던 프라하의 어느 길모퉁이, 나오시마섬 지중미술관에서 햇살과 함께 쏟아지는 모네의 수련을 만나던 순간들. 시공간을 초월해 강렬하게 내 안으로 들어온, 신성하고도 찬란한 순간들은 내 생의 어느 결에 신화처럼 간직되어 있다.

그 무엇보다 내게는 성소聖所 같은 정원을 만나던 순간이 있다. 그해 5월이던가. 강릉 경포호의 송림 속에 자리한 고풍스러운 한옥은 난설헌 허초희의 생가였다. 안채를 돌아 후원後苑으로 이어지는 고졸한 협문을 들어선 순간 정원에 깃든 적요함이 온몸을 휘감았다. 깨끗이 빗질된 흙 마당에 함

초롬히 피어난 붓꽃과 모란의 보랏빛은 아름답고도 슬픈 허초희의 초상 같았다. 비원悲苑인 듯, 비원秘苑인 듯 후원에 숨어있는 아릿한 감성과 문장들에게 사로잡혔다. 고즈넉함, 그리움, 슬픔, 적막함, 청초함 그리고 꽃들마저 스스로를 절제한듯한 반듯함과 고고한 생명력이 뜨락에 가득했다. 조선시대 오누이 문인인 허균과 허초희가 드나들었을 이 후원에 서린 문학적 감성 때문일까. 그들의 쓸쓸했던 인생이 반추되기 때문일까. 서울의 번잡하고 피로한 일상에 지칠 때면 나는 이 고요한 장소를 떠올리며 그리워한다. 1년에 한두 번 강릉을 찾는 이유 또한 경포호보다 그 너머 난설헌의 집에서 지친 몸과 마음이 치유되는 느낌 때문이다.

'그곳이 차마 꿈엔들 잊힐리야' 정지용 시인이 '꿈에도 잊지 못할 곳'으로 표현한 고향처럼, 내게 난설헌의 생가는 향수 이상의 정서를 주는 곳이다.

"흰 눈을 머리에 인 대관령은 강릉사람들의 지엄하고 때로는 준엄한 아비와 다름없다. 깨끗한 동해의 일출과 하늘과 땅과 소나무와 사람들의 마음을 품어 안은 경포의 투명함은 그 땅에 사는 사람들을 시인이며 소설가가 되게 하기에 충분하다." 권영상 작가의 말은 서울에서 나고 자라 늘 결핍을 느끼는 내게 고향의 자연이 작가들에게 준 감성과 능력을 질투하게 한다.

지난 가을, 강릉에서 개최된 대한민국 독서대전에서 강릉 출신의 작가들이 명예도서관장으로 위촉되는 행사에 참여했다. 윤후명, 서영은, 최성각, 박기동, 박세현 이들 작가의 세계와 역량은 곧 그들의 고향인 강릉이 키워냈음을 짐작케 했다.

허균과 허난설헌의 기념공원 입구에 초당도서관이 있다. 허균이 만든 국내 최초 사설도서관 호서장서각이 있던 자리에 만든 작은 도서관이다. 초당 도서관 명예관장이 된 작가 최성각은 생태문학의 대표작가인 동시에 환경 운동가다. 그의 생태의식은 소년시절의 경험에서부터 발현된다. 아버지는 집에서 키우던 돼지가 13마리의 새끼를 낳자 가장 약한 새끼를 남대천에다 버렸다. 어미젖이 12개 밖에 없기 때문이다. 소년은 한밤중에 일어나 남대천 하류까지 달려 수풀 사이에 낀 새끼돼지를 발견하고 데려온다. 어린 생명을 대하는 그의 태도는 후에 자연에게 상을 드리는 감성적인 환경 운동을 만들었고 자연을 거스르는 인간에 대한 반성과 비판을 주제로 한 소설들을 내놓게 했다.

여덟 살까지 강릉에 살았던 윤후명 작가 역시 강릉이 늘 소설의 근저에서 창작의 원천이었음을 고백했다. '강릉은 나의 처음이자 마지막에 놓이는 어떤 것'이라는 작가는 등단 50주년을 기념해 고향 '강릉'을 모티프로 삼은 소설집 『강릉』과 『강릉의 사랑』을 전집에 넣었고 시집 『강릉 별빛』을 고향에 바쳤다.

남대천과 경포바다에서 열아홉 해를 보낸 작가 서영은의 삶과 문학은 참으로 바다를 많이 닮았다. 초등생 시절 홀로 경포 바다의 작은 돌섬인 오리 바위와 십리바위를 헤엄치던 경험으로 얻은 성취는 험한 파도를 헤쳐 나가는 법을 알려주었을 것이다. 세상의 폭력 앞에서 견디고 일상적 세계의 원리로부터 자신을 고립시킨 채 내면을 강화하던 그의 소설은 이제 명상과 치유의 문학으로 우뚝 섰다.

대관령과 남대천이 키워내 강릉의 자랑이 된 작가들은 '작은 도서관' 명예관장으로 한 달에 한 번 강릉 시민들과 문학이야기를 나눈다. 눈물겹게 아름다운 귀향의 선물이다. 강릉은 유별나게도 많은 작가를 키워냈다. 「금오신화」를 쓴 김시습, 「홍길동전」을 쓴 허균의 대를 이어 신봉승, 엄기원, 이순원, 김형경, 심재상, 심상대, 김선우, 박용하, 김별아 등 기라성 같은 작가를 만들었다. '문향의 고장'이 과언이 아니다.

최근에는 사모정思母亭 공원을 조성하여 어머니를 그리는 시를 돌에 새겨 모은 권혁승 시인 덕분에 세계 최초의 '어머니 길'이라는 산책로도 생겼다.

고향이 준 추억과 사랑을 다시 고향에게 바친 작가들. 고향은 작가를 만들고 작가는 다시 고향을 만드는 이토록 멋진 윤회를, 강릉에서 발견한다.

박미경 | 『월간문학』 등단(1993년). 한국문인협회, 한국수필가협회, 국제펜클럽 회원, 현) 내일신문 리포터. 수상: 동포문학상, 동리문학상. 저서: 수필집 『내 마음에 라라가 있다』 『박미경이 만난 우리시대 작가 17 인』 『50현장』 등. E-mail: rose4555@hanmail.net

따가이따이의 아무개

류경희

순발력이 유일한 장점인 나는 지금 생각해도 절묘한 대답을 해주었다. "지나, 내 이름은 선생님이란다." 지나는 한나절 동안을 계속 선생님, 선생님하며 나를 따라다녔다.

화산을 관광하기 위해 호수를 건너 도착한 화산 입구마을 따가이따이는 마치 우리의 옛 시골마을처럼 소탈한 곳이었다.

바둑아! 부르면 꼬리치며 달려 올 듯한 누렁이가 무심히 동네 어귀를 지키고 있었고, 햇볕에 머리가 노랗게 바랜 조무래기들은 삼삼오오 몰려다니며 땟국 흐르는 손가락을 빨고 있었다. 서툰 한국말로 "돈 좀 줘!"를 외치는 꼬마들을 보며 꼭 그만한 나이 때 미군들을 향해 껌 하나를 달라고 따라다녔던 고향 친구들이 생각나 가슴이 짠하기도 했다.

면적 234.2km^2 평균 수심 100m, 길이 25km, 폭 18km에 이르는 따알 호수는 필리핀에서 세 번째로 큰 호수다. 호수 가운데 작은 화산섬이 따알 화산인데, 1977년 화산 폭발로 분화구 안에 다시 작은 분화구가 생긴 '이중화산'이다.

수억 년 전 화산 폭발로 거대한 호수가 생겼고, 40년 전 다시 화산 폭발이 일어나 호수 안에 새로운 분화구가 형성된 특이한 구조다. 따알화산은 세계에서 가장 작은 활화산으로 뉴욕타임스가 죽기 전에 꼭 가봐야 할 여행지 1위로 이곳을 꼽기도 했다.

아득하게 너른 호수 안의 작은 화산은 바다에 떠 있는 작은 섬처럼 보였다. 칼데라 호수 속에서 융기되어 아직도 뜨겁게 끓고 있는 젊고 아름다운 활화산의 정상으로 오르는 길이 좁고 가팔라서 일행은 한 사람씩 조랑말에 올라탔다. 마을 원주민들은 관광객들을 안내하는 일이 주 수입원인 듯했다.

내 말의 고삐를 잡은 사람은 머리가 긴 젊은 여인이었다. 태어나서부터 줄곧 이 마을에 살았다는 그녀는 제법 유창한 영어로 자기 말을 알겠느냐며 말을 건넸다. 언뜻 보기엔 삼십대 중반 같아 보였지만 여인은 이제 겨우 스물한 살의 어린 새댁이었다. 두 돌이 지난 아이는 시어머니가 돌보아주신다고 했는데, 앞 손님을 안내하는 다리가 튼튼한 남자가 신랑이라며 제 짝 자랑을 잊지 않았다.

그런데 제 이름이 지나라고 소개한 젊은 여인이 맹랑하게도 다짜고짜 내 이름을 물었다. 그때 퍼뜩 떠오른 것이 바로 지나의 나이였다. 내 나이에서 지나의 나이를 뺀 나이가 지금 지나의 나이보다 훨씬 많은데 잘못 이름을 입 밖에 꺼냈다가 낭패를 보겠다는 생각이 퍼뜩 들었던 것이다.

잔머리라고 친구들이 비아냥거리는 작은 순발력이 유일한 장점인 나는 지금 생각해도 절묘한 대답을 해주었다.

“지나, 내 이름은 선생님이란다.”

“선생님! 선생님?”

몇 번을 반복하여 우리 말 이름을 익힌 지나는 한나절 동안을 계속 선생님, 선생님하며 나를 따라다녔다.

“선생님, 경치가 좋지?”

“선생님, 콜라 한 잔 사줘.”

오냐, 오냐 소리를 너그럽게 할 수 있었음은 물론이다.

약간의 선견지명이 있어 체면을 유지할 수 있었지만 관광을 같이 했던 우리 일행 중의 한 노 교수가 무심코 길잡이에게 이름을 대주었다가 봉변을 당하는 일이 결국 생기고 말았다. 손주 같은 원주민 녀석이 꼬박꼬박 “아무개”를 입에 달고 다녔던 것이다.

이름을 부른다고 해서 낯색을 바꾸어 야단을 칠 수도 없는지라 종일 그 분의 안색이 좋지 않았다. 헌데 옆에서 그 모습을 지켜보자니 기어 나오는 웃음을 억지로 참기가 고역이었다. 그래서 같이 애를 먹어야했다.

그날 저녁 관광을 마치고 당신의 실수를 불편한 심기로 자책하는 그 분에게 나는 넌지시 충고를 해드렸다.

“앞으로 그런 애들이 이름을 묻거든 차라리 형님이라고 하세요.”

대화를 듣고 있던 일행 중 한 분이 기다렸다는 듯 싱겁게 말을 받았다.

“여자가 물으면 여보는 어떨까요. 아니, 자기야가 더 낫겠네요.”

류경희 | 『월간문학』 등단(1995년). 국제 펜클럽, 한국 문인협회, 청주문인협회, 대표에세이 회원. 수상: 연암문학상 대상, 청주시 문화상. 저서: 수필집 『그대 안의 blue』 『세상에서 가장 슬픈 향기』 『소리 없이 우는 나무』 『즐거운 어록』 등. E-mail: queenkyunghee@hanmail.net

굴업도의 벌거숭이

조현세

물론 맨발이다. 바닷바람이 언덕을 타고 와서 간지럽힌다. 빗속으로 온 몸통을 밀어 넣고 싶다. 양팔사이로 날개가 돋는 중이다.

장마는 오락가락했다. 그래도 우리는 떠났다. 까짓것 비 좀 맞고 햇빛 나면 말리면서 다니지 하는 심정이었다. 갈매기도 따라왔다. 비록 선객들이 던지는 새우깡 먹이가 유혹일지라도…. 연안부두를 출발한 배는 덕적도에서 한 번 갈아타고 네 시간 정도 걸렸다. 사람이 엎드려 일하는 모양으로 보인다 하여 이름한 굴업도掘業島를 둘러싼 안개는 짙게 끼여 있다가 이내 걷히곤 했다.

섬 둘레 가까이 바다 밑으로 깊은 골짜기가 있어 안개가 잦다고 한다. 여전히 구름은 시위를 하며 섬을 에워싸고 하는 사이에 닻을 내리고 우리도 훌쩍 내렸다. 주말이나 예약자들 중심으로 몇 팀뿐이고 열 가구 남짓한 현지주민들은 평온한 손님맞이로 한가했다. 이 섬의 역사는 기구한 편이다. 오래전에 핵폐기물 저장소로 선정했다 취소되었고, 대기업에서 골프

장부지로 섬 전체를 모두 사들였으나 아직 한가구만은 안 팔고 버티고 있다. 그 집 때문이 아닌 천혜의 자연조건은 한눈에 봐도 골프장은 아니다. 섬을 더 둘러봐야겠지만 '한국의 갈라파고스'라는 별칭은 이 섬에 붙이기엔 학자들의 과장된 비유일지 모른다는 친구들과 남소는 잠시였다.

민박에 짐을 풀자마자 우선 개머리 동산으로 내달렸다. 가파른 언덕을 오르자 관목 사이로 능선 길이 펼쳐진다. 예보된 비가 더 오기 전에 석양 노을부터 봐두자. 비설거지 하는 셈 치자. 휴대폰만 달랑 들고 산에 올라 사진으로 봐둔 꽃사슴부터 찾았다. 사슴들은 어디 굴속으로 피신했는지 한 마리도 없다. 한배를 탄 다른 텐드 팀들은 야영준비 하느라 올라오기를 포기했나 보다. 섬 안에는 결국 우리 셋뿐이라는 착각이 들 정도다. 양쪽으로 바다가 보이니 가슴까지 트인다. 능선 중간을 넘자 먼바다에서 먹구름이 몰려오고 후덥지근해진다.

땀에 바다습기까지 머금은 윗옷이 축 처진다. 훌러덩 벗어 바위 위로 던진다. 친구도 벗어 허리춤에 맨다. 물론 맨발이다. 좀 더 걷다가 감겨오는 거추장스러운 바지마저 벗으니 이리도 편하다니…. 바닷바람이 언덕을 타고 와서 간지럽힌다. 풀잎 묻은 검게 탄 종아리에 비해 허벅지는 희멀건해도 젖어있어 매혹적이다. 허리에 걸친 모든 것이 거추장스럽다. 빗속으로 온 몸통을 밀어 넣고 싶다. 양팔 사이로 날개가 돋는 중이다. 완전 벌거숭이가 되면 능선을 타고 훨훨 날 것 같다. 원시인, 아프리카 사냥꾼을 닮자. 모든 가면을 벗자.

서슴없이 팬티마저 벗었다. 편하다. 허허롭다 보다 그냥 신났다. 더 벗겨

내고 싶고 모든 것을 다 던지고픈 생각뿐이다. 부끄러움은 그다음이다. 황인숙 시인의 「말의 힘」에서 나오는 시구에 무슨 단어를 더 보태랴.

기분 좋은 말을 생각해보자./ 파랗다. 하얗다. 깨끗하다. 싱그럽다./ 신선하다. 짜릿하다. 후련하다./ 기분 좋은 말을 소리내보자./ 시원하다. 달콤하다. 아늑하다. 아이스크림./ 얼음. 바람. 아아아. 사랑하는. 소중한. 달린다./ 비! /머릿속에 가득한 기분 좋은/ 느낌표를 밟아보자./ 느낌표들을 밟아보자. 만져보자. 핥아보자./ 깨물어보자. 맞아보자. 터뜨려보자!

느낌표 같은 흙길이 물렁하다. 빗방울은 풍금건반 두드리듯 동요 리듬으로 등을 타넘는다. 부드러운 감촉이 은근하고 무엇인가 핥는 느낌이다. 흥분이란 단어는 마땅찮다. 비바람이 좀 더 거세지길 바라면서 조금 빠른 걸음으로 내닫는다. 한 시절 마라톤 연습 때 단 한번 왔던 '러너스 하이(Runner's high)'가 오고 있다. 즉 구름 위로 둥실 떠가는 느낌이자 무한히 달려도 아무런 피곤도 없는 길이다. 땀이 송송 배어나도 꽃길에서 달리는 환상이다. 머리가 맑아지며 황홀한 분위기가 와락 다가온다. 일부 학자들이 말하는 운동할 때 나오는 베타 엔돌핀의 영향이라도 좋다. 몸에서 생성되는 신경물질로 구조와 기능이 마약과 유사하다지만, 캔맥주 하나가 마약일 수는 없는 것이고, 그것은 학자의 소관이다. 지금 바로 현실에서 나신으로 붕 뜨고 있음에야. 섬 언덕의 비바람이 결국 마약이런가. 나는 그저 온몸으로 받아들일 뿐이다. 옷이란 것 또한 탈이 아닌가? 수갑처럼 차고 다닌 휴대폰과 거추장스러운 옷 따위에서 벗어난 온전한 자유는 바로 지금이다. 능선 끝을 도움닫기로 '행글라이더'라도 타고 맨몸으로 날고 싶다. 그러나 느낌표는 거기까지다. 한계다.

뒤에 친구가 뭐라 소리친다. 돌아보니 비안개 저편에서 피카소 그림에 나오는 해부된 여자의 실루엣처럼 춤을 추는 것 같다. 카메라에서 멀다고 하는 소리다. 양팔을 휘휘거리는 고릴라처럼 섬 언덕을 오르내리는 사이에 빗줄기는 등을 따갑게 한다. 비는 휘몰다가 그치곤 한다. 설핏 한기가 온다. 다리는 허정허정 공중을 차고 배가 고파 온다. 결코 광기도 아닌 벌거숭이로 일탈해본 잔치는 끝났다. 깊게 노을이 지는 먼 바다 섬들을 보며 말없이 내려왔다.

천둥, 번개, 장맛비는 그날 밤새도록 아우성이었다. 파도는 더 깊게 울었다. 민박집 평상에서 수건만 걸치고 마약 같은 술잔을 밤새 비웠다. 같이 벌거숭이를 못해본 친구는 다음에는 무인도로 가자, 아니 새벽에 또 해보자고 한다. 그러나 그는 결국 못했다. 굴업도는 더 많이 알려지고 있고, 앞으로 그런 기회는 다시 오긴 어려울 것이다. 때로 사는 게 답답할 때 굴업도의 벌거숭이 흐린 사진 몇 장이 위안이다.

조현세 | 『월간문학』 수필 등단 (1995년). 한국문인협회, 대표에세이문학회 회원. 저서: 수필집 『마라톤과 어머니』. E-mail: cityboy982@hanmail.net

산중에서의 어떤 경험

김시헌

사람은 눈에 보이지 않으면 더 많은 것을 상상할 수 있듯이
운무에 가려진 세상에 내 상상력을 더하며 노는 것도 괜찮았다.

모르는 길을 찾아 떠나는 것은 약간의 두려움과 기대감과 모험심이 발동하여 일상과는 다른 감정을 느끼게 한다. 온 천지가 꽃으로 축제를 시작하는 봄, 그것도 산벚꽃이 피기 시작할 즈음이었으니 남녘의 절집을 찾아가는 내 마음도 그랬을 것이다. 길을 떠나는 나그네의 본질은 다시 돌아오지 않음에 있다는데, 돌아올 것을 전제로 떠나는 나는 잠시 나그네의 흉내만 내 보는 것일 테다. 그저 떠나보는 것, 지루한 일상의 틀을 잠시나마 벗어던져 보는 것 정도.

2시간 30분 정도 남쪽으로 달려가 당목항에 도착했다. 그곳에서 30분 정도 배를 타고 들어가자 생일도가 나왔고, 나는 백운산 7부 능선쯤에 있는 절집으로 향했다. 구름이 머문다는 백운산. 그 높은 곳에 어떻게 길을 냈는지, 나는 등산하면서 챙길 수 있는 산의 아름다움과 땀이 나는 수고로

움을 누리지 못하고 편하게 도착하였다.

수행자의 미덕인 담백함 때문인지 비구니스님은 차가 도착하는 소리를 들었을 텐데도 기척이 없다. 간단한 짐을 마루에 내려놓으며 인기척을 하자 그제서야 방문이 열린다. 스님의 표정을 보며 인기척 드문 산중에서 사람을 만나면 반가워할 거라는 내 통념은 여지없이 무너지고 만다. 나 역시 이 스님과의 인연이 아닌, 주지스님과의 인연으로 이곳에 오게 되었으니 그리 거리낄 것도 없다. 그래도 스님은 손님이라고 차 한 잔은 내주며 이곳에서의 주의사항을 꼽아주신다. 그 첫 번째가 물을 아껴 쓰는 일이었다. 섬에 있는 산 속이라서 마을이 있는 항구까지 내려가서 물을 길어다 먹어야 했기 때문이다. 산에서 내려오는 물은 겨우 절집 식구들이나 쓸 수 있는 양이니, 난데없는 객은 허드렛물도 아껴야 했다. 그 정도야 객으로 들어와 며칠 머무는 사람이 감당 못할 리 있겠는가. 더구나 폐부까지 스며드는 신선한 공기와 눈이 즐거운 아름다운 풍경 속에서 지낼 판인데.

첫째 날, 새벽 3시 30분. 도량석 소리에 깨어 스님과 함께 오붓한? 예불 시간을 보내고 아침을 지어 먹었다. 김치에 양배추 볶음 한 접시가 찬의 전부였다. 스님은 잠시 쉬러 가고, 나는 커피를 들고 마루에 앉았다. 연둣빛 이파리를 펼쳐내고 있는 나무들의 향연은 기묘하게 아름다웠다. 그에 더해서 곳곳에 피어오르는 산벚꽃은 나를 몽환적인 세계로 이끌었다. 깜짝 놀라 눈길을 조금 더 멀리 두면 희끄무레한 황사 없이 쾌청한 그날은 바다가 온통 열려 있고, 내 발아래 섬들이 올망졸망 모여 있었다. 이런 곳에 산다면 수행은 절로 이루어져 신선이 되지 않을까 어이없는 생각을 하며 홀로 있는 자의 여유로움을 만끽했다.

아침 아홉시가 지나자 기도하러 온 아랫마을의 보살 세 명이 부엌에서 음식준비를 하였다. 부처님께 올리는 마지와 스님을 위한 반찬을 준비하는 모양이었다. 그사이 나는 밖으로 나와 산길을 조금 걸었다. 바람이 지날 때마다 해풍의 향과 봄에 돋은 나무의 새 잎 향이 물씬 풍겨왔다. 사시예불이 끝나자 보살들과 스님은 점심상을 차렸다. 아침과는 달리 나물 두어 가지와 감자를 넣은 미역국도 놓인 상이었다. 점심을 먹고 설거지를 도우며 어쩌다 보니 스님은 그네들에게 나물가지들을 모두 싸서 보내는 것 같았다. 저녁상을 차리면서 비로소 나는 가난한 밥상의 실체를 마주하였다. 신 김치국과 가위로 자른 맛김 몇 조각, 그리고 콩자반이 전부인 상을 들고 방으로 오면서도 나는 며칠 먹는 것쯤이야 밥과 김치만 있으면 되지 싶었다.

둘째 날과 셋째 날은 종일 비가 내렸다. 비가 오기 시작하자 요사채 툇마루 아래는 바다에서 올라온 이내로 가득해서 아무것도 보이지 않았다. 세상이 온통 잿빛이었다. 마루와 연결된 토방에서 두세 발짝만 앞으로 뛰면 나는 벼랑으로 떨어질 것이다. 내 눈은 볼 수 있으나 이내로 희뿌연해진 세상은 아무것도 모습을 드러내지 않았다. 내가 볼 수 있어도 볼 대상이 보이지 않는 막막한 시간을 인내하다 시간이 지나자 그것도 적응되어갔다. 사람은 눈에 보이지 않으면 더 많은 것을 상상할 수 있듯이 운무에 가려진 세상에 내 상상력을 더하며 노는 것도 괜찮았다. 실은 내가 남쪽 끝자락의 섬을 향할 때에는 막연하지만 자신을 그런 곳에 가둬보고 싶었기 때문이다. 가장 열악한 환경에 자신을 던져두고, 그걸 뚫고 올라오는 내면의 소리를 듣고 싶어서였다. 너무 많이 가지는 데서 오는 피로감과 번거로움, 잉여가 많을수록 오히려 충족감은 사라지는 무감동의 습성에서 빠져나오고 싶었던 것일까. 전화를 하려면 저만치 산모퉁이로 돌아가야 하기 때문에 그 귀찮음을 빌미로 나는 아무와도 통화하지 않고, 혼자만의 시간을 보냈다. 매우 간소한 세끼의 밥을 먹고, 두어 잔의 커피를 마시며, 앞이 보이지 않는 마루와 내가 묵고 있는 방을 오가며 하루를 보냈다. 외부 환경과 모든 것이 차단된 그 시간은 혼자만의 오롯한 생각과 일과 놀이가 가능했다. 예불시간과 밥 먹을 때만 마주치는 스님은 자신의 일에 바쁜지 나를 살필 겨를도 없고, 관심도 없는 것 같았다. 내게는 오히려 다행이었다.

셋째 날은 맑게 갰는데, 스님은 점심을 먹고 나자 염불을 크게 틀어놓고 어딘가를 다녀왔다. 온 산에 들릴 만큼 소리가 컸지만, 주인이 좋아서 하는 일을 손님 주제에 뭐라 할 수 있겠는가. 인기척이라곤 없는 산중 절집에서 혼자 견디기 위한 방법이기도 했을 터, 그의 일상을 방해하고 싶지는 않았다. 서너 시가 되자 내가 있는 방안으로 더덕향이 솔솔 찾아오는 것이 산나물을 채취해 왔지 싶었다. 유난히 후각이 예민한 나는 그 향으로도 잠시 행복하였다. 그렇다고 밥상이 달라지지는 않았다.

넷째 날에도 스님은 나무아미타불 시디를 크게 틀고는 아랫마을로 외출을 했다. 차라리 내가 염불하고 말지 확성기를 통해 들려오는 염불소리는 무엇에도 집중하지 못하게 했다. 바다를 향해 망연히 앉아 있던 나는 몸을 움직여 백운산에 올랐다. 구불구불 작은 길을 오르는 중에 진달래와 산나물들을 만났고, 바람이 일 때마다 더덕향이 물씬 따라왔다. 그때마다 코를 킁킁거려 향을 흡입하였지만 채취할 생각은 들지 않았다. 정상에 이르러 사면의 바다와 징검다리처럼 서로 몸을 풀어놓은 섬들을 망연히 바라보다 내려왔다. 마음은 파도 없는 바다처럼 고요하여 한없이 여유로웠다.

다섯째 날, 나는 아침을 먹고 짐을 꾸렸다. 묵었던 방 청소를 하고, 세수한 물로 걸레를 빨아 줄에 널고, 화장실에 떨어져 있는 머리카락 하나까지 주워 내 흔적을 남기지 않았다. 인연을 만나면 성심껏 대하고 인연이 아니면 흔적을 줄이는 것, 내가 원하는 바이기도 하다. 예정은 하루 더 머물기로 했었으나 배 시간에 맞춰 그곳을 나왔다. 올 때의 경로를 거꾸로 밟아 집으로 돌아왔다. 광주에 도착하여 순환로에 들어서자 저 멀리 무등산이 보였다. 듬직하게 버티고 선 무등산이 반갑게 맞아주는 듯했다. 돌아올 곳이 있다는 믿음이 나를 떠나게 하는 힘이었던가. 문득 떠날 때의 나와 돌아온 나는 같은 나일까 라는 생각이 스쳤다.

정말로 이상한 것은 다시 일상으로 돌아온 내게 그 절집에서의 며칠이 어떤 에너지로 작용하고 있다는 점이다. 물질적 풍족함이 낭비된다고 생각할 때, 배부른 육신으로 나태해질 때, 무엇보다 타성에 젖어 깨어있지 못할 때, 일상의 일들에 시달리다 내 몸과 마음이 방전 상태에 이를 때, 그 때 절집의 담백했던 일상과 정서적 여유로움이 슬그머니 소환된다. 과잉의 친절과 배려와는 상관없이 자신의 마음 내키는 만큼만 해주며, 네 시간은 네 것이라는 태도로 나를 방기해준 스님의 무심함이 나를 진정으로 대해준 것이라는 생각이 든다. 그것은 내 본성의 일부여서 나를 깨어나게 하는 모양이다. 영혼 없는 관계가 넘쳐나는 일상이 쌓여 피로해질 때마다 낯선 산 속에서의 무심함과 담백한 일상이 오히려 나를 위로하며 힘을 준다.

김지헌 | 『월간문학』 수필 등단(1996년), 전북일보 신춘문예 소설 등단. 문학박사, 조선대학교 국문과 외래교수. 수상: 수필과 비평 문학상, 신곡문학상, 광주문학상, 국제문화예술문학상. 저서: 수필집 『울 수 있는 행복』 『표면적 줄이기』 『그는 누구일까』, 수필선집 『발자국』, 소설집 『새들 날아오르다』, 논문집 『현대소설의 어머니 연구』 등. E-mail: kim-ji-heon@hanmail.net

쉼

쉼
셋

버리고 갈 것만 남아서 참 홀가분하다

장경환

차마 비워내지 못하는, 아니, 버리고 갈 것조차 없는 초라한
내 삶의 여정에 경고를 하듯 오늘도 그 한마디가 파편이 되어
내 가슴에 깊이 꽂힌다.

대표에세이문학회는 해마다 유월이 되면 문학세미나를 연다.

이번에도 K회장의 철저한 준비로 마련한 통영문학세미나는 일정표가 꽉 차 있었다. 예전처럼 관광버스를 주선한 나는 이른 아침 준비한 물건들을 싣고 들뜬 마음으로 서둘러 안산을 출발하였다. 관광버스는 서초구민회관 앞 집결지에서 설렘으로 가득 찬 동인들을 만나 목적지로 향하였다. 고속도로를 달리는 차창 밖의 나무들이 오랜 가뭄으로 다소 파리해 보였지만, 동인들의 그칠 줄 모르는 정담은 시간이 흐를수록 새록새록 생기가 차오르고 있었다.

2차로 대전터미널과 통영터미널에서 동인들과 합승하자, 멀고 가까운 거리에 사는 것에는 상관없이 차 안은 더욱 용솟음치는 환희로 상봉하니 그야말로 모두 정신적 포만감에 물씬 젖어든 셈이다.

우럭조림으로 점심을 배불리 먹고 쉴 틈도 없이 '동피랑 벽화마을'을 향해 가파른 언덕을 오른다. '동피랑'은 '동쪽'과 통영 사투리인 '비랑'이라는 말이 합쳐진 이름이라고 한다. 2007년 통영시가 낙후된 마을을 철거하려고 하자 '푸른 통영 21' 시민단체가 공공미술의 기치를 들고 '동피랑 색칠하기 전국벽화공모전'을 열었으며, 전국 미술대학 재학생과 개인들이 나서서 낡은 담벼락에 벽화를 그렸다고 한다. 공공미술을 통하여 통영의 망루 동피랑의 재발견사업을 시행한 벽화 덕분에 동피랑 언덕은 '통영의 몽마르트르 언덕'으로 불리며 통영시의 명소가 되었다고 한다. 고정관념을 허물고 색다른 시선, 기발한 발상으로 거대한 상상력이 살아 있는 마을을 탄생시킨 것이다.

통영은 참으로 풍광도 장관이었고, 널리 알려진 예술인과 명소도 많았다. 진정 이곳 통영은 남해 다도해의 수려한 미항, 예향임을 누구도 부정할 수 없으리라. 그중에서 문학의 향기를 담아내는 곳으로 청마문학관과 박경리기념관을 꼽는다. 바다가 보이는 언덕에 고즈넉이 자리 잡은 유치환 선생의 '청마 문학관'에서 조촐하게 문학상 시상도 하고, 문학청소년들의 만년 연인이셨던 그분의 향수에 흠뻑 젖어 보았다. 「깃발」, 「그리움」, 「바위」, 「행복」 등 헤아릴 수 없는 명시를 낳은 청마의 시구가 가슴 속에 새삼스레 파고든다.

사랑하는 것은

사랑을 받느니보다 행복하나니라

오늘도 나는

에메랄드빛 하늘이 환히 내다뵈는

우체국 창문 앞에 와서 너에게 편지를 쓴다.

....

....

사랑하는 것은

사랑을 받느니 보다 행복하나니라.

오늘도 나는 너에게 편지를 쓰나니

그리운 이여 그러면 안녕

설령 이것이 이세상 마지막 인사가 될지라도

사랑하였으므로 나는 진정 행복하였네라

- 유치환 「행복」에서-

이어서 '이순신공원'을 들렀다. 임진왜란 당시를 재현한 거북선 모형이 역사를 증언하듯 있고, 충무공의 늠름한 얼과 패기가 감도는 웅장한 동상이 서 있었다. 그 아래 다양한 각도로 펼쳐진 아름다운 바다의 운치가 역사를 더듬어가며 발목을 잡고 여운을 길게 남긴다.

저녁시간 리조트에서 30주년 기념 세미나를 의미심장하게 성황리에 개최한 다음 선후배간의 돈독한 만남으로 꿈같이 멋스러운 일정을 채울 수 있었다. 다음 날에는 '박경리기념관' '전혁림미술관'등 여러 곳을 들렀지만. 그중에서 '박경리기념관'에서의 감회가 유난히 깊었다.

1926년 10월 28일 통영에서 출생하신 선생은 황해도 연안여중 교사로 재직했었으나, 6·25 전쟁 중에 남편과 세 살 난 아들을 잃게 되면서 창작 활동을 시작했다고 한다. 한국현대문학사에 최고 걸작 토지를 연재하면서 1994년 8월에 집필 26년 만에 토지를 탈고하였다함은 정말 놀라운 일이다. '2008년 5월5일 타계하여 고향인 통영시에 안장되었다.'는 설명에 동시대에 생존하신 경의와 영광, 감사한 마음을 담아 잠시 묵념을 올린다.

> *'살아있는 모든 것들의 생명은 다 아름답습니다. 생명이 아름다운 이유는 그것이 능동적이기 때문입니다. 세상은 물질로 가득 차 있습니다. 피동적인 것은 물질의 속성이요, 능동적인 것은 생명의 속성입니다.'*
>
> *- 박경리 「마지막 산문」에서*

그의 대표적인 소설 「토지」, 「김약국의 딸들」, 「파시」 등에서도 생명의 존엄에 대해 서술하고 있을 만큼, 그는 단 한번도 '생명'으로부터 시선을 떼지 않았다는 점을 마지막 산문에서도 말하고 있다. 문학은 '왜?'라는 질문에서 출발한다고 하신 그분의 힘들었던 삶이 고개가 절로 숙여지는 걸작을 현대사에 남겨 놓았는지도 모른다. 총총 걸음에 서두르느라 미처 챙겨보진 못하였지만, 문학에 끊임없는 영감을 제공한 그의 고향 통영과 바다풍경은 대대로 후세에 아름다운 영상으로 남을 것이다.

일상에 크고 작은 것, 미완성으로 산재해 있는 숙제들이며 하찮은 것에도 연연하며 끌어안고 허우적거리는 자신을 본다. 차마 비워내지 못하는, 아니, 버리고 갈 것조차도 없는 초라한 내 삶의 여정에 경고를 하듯 오늘도 그 한마디가 파편이 되어 내 가슴에 깊이 꽂힌다.

'버리고 갈 것만 남아서 참 홀가분하다.'

장경환 | 『월간문학』 등단 (1996년). 충남 성환 출생. 한국문인협회, 안산문인협회 회원, 대표에세이문학회 회장 역임, 한국수필가협회 이사, 안산여성문학회장 역임. 수상: 성호문학상, 안산시문화공로표창. 저서: 수필집 『틀 밖의 세상』, 공저 『마흔다섯 개의 느낌표』 등. E-mail: catari21@hanmail.net

낯선 땅에서 만난 뼈마디

정내헌

그건 생의 뼈마디였다. 단순하고 가벼운 흥겨움을 즐기려다가
외려 의식을 들쑤시는 덫에 걸리고 만 셈이다.

이국에 대한 설렘은 뿌연 황사와 함께 밀려왔다. 중국中國 정주鄭州 공항, 가이드의 안내를 받아 버스를 타고 목적지를 향해 서너 시간을 더 달려야 했다. 길가엔 백양나무가 촘촘하게 끝없이 늘어서 있었다. 황사로부터 농작물을 보호하기 위해 심어놓았다는데 앙상한 나뭇가지 때문에 바깥 풍경은 더 황량해 보였다. 여행 첫날인지라 들뜨기도 하련만 여섯 명의 일행은 차창으로 겨울 풍경을 바라볼 뿐 말이 없었다. 가이드도 이름과 일정만 밝히고는 입을 다물었다. 졸음이 밀려왔다. 몇은 이미 졸고 있었다. 간밤 잠을 설치며 새벽같이 출발하였기에 그럴 만도 하였다. 낯선 창밖은 어둠에 시나브로 묻혀 가고 있었다.

눈썹조차 빼놓고 떠나자. 눈에 보이면 볼 뿐, 의미를 부여한다거나 더 알려고 다가서지도 않으리라. 이번은 웬일인지 계획을 세우고 정보를 챙기

며 법석을 떨고 싶지가 않았다. 그냥 마음 내키는 대로 최소한 준비만 하고 가볍게 떠나기로 했다. 책은 물론 메모장이나 필기도구도 일부러 챙기질 않았다. 생각도 될 수 있는 대로 하지 않겠다고 마음먹었다. 그저 무념의 상태로 다녀보고 싶었다. 그래야 뜻밖의 즐거움도 만날 수 있을 테니까. 무엇에든 얽매이다 보면 그곳에 마음이 쏠려 경직될 수도 있기 때문이다.

첫날밤을 보내고 창밖을 내다보니 황사는 여전했으나 기분은 상쾌했다. 가이드의 안내를 받아 몇 군데를 구경하면서도 심신은 가볍고 산뜻했다. 마음먹은 대로 눈과 배만 호사를 누리자는 속셈은 잘 유지되었다. 하여 차와 오토바이와 사람들이 뒤엉킨 무질서한 도로를 건너면서도, 지저분하고 황사에 뒤덮인 회색건물을 눈앞에 두고도, 정교하며 상상을 뛰어넘는 유물 앞에서도, 차로 몇 시간을 달려도 끝없이 펼쳐지는 광대무변한 땅을 보고도, 강한 향신료 때문에 넘길 수 없는 음식을 앞에 놓고서도, 목을 태우는 독한 술을 홀짝이면서도, 기묘한 산세와 험준한 협곡을 바라보면서도, 끝없이 흐르는 거대한 강물 앞에서도, 스스럼없이 코를 후비며 시끄럽게 떠들어대는 그들을 보고도, 아무 데서나 담배를 피우고 침을 함부로 뱉어대는 사람들을 대하면서도 무심히 지나칠 수가 있었다.

굳이 말하자면 보고 먹는 데만 충실한 관광이었다. 재충전이라는 미명 때문에 건조했던 여행과 풀어진 의식 때문에 외려 망쳐버린 휴양의 경험이 있었던 터라, 이번은 시간의 한 조각만을 채워가는 관광을 생각해 냈다. 흔히 관광이 끝나면 여행을 하게 되고 여행의 단계가 지나면 휴양을 간다고 하는데, 어찌 사람마다 다 같을 수가 있으랴. 단순함이 외려 더 큰 즐거움을 줄 수도 있는 법이니까. 그런 생각을 충족시켜 줄만 한 곳이 어딜까 고심하다가 한창 추위가 맵짠 중국 땅을 택했다. 물론 동행했던 이들과 합의를 거쳤지만 내심은 따로 있었다. 황량한 겨울 대륙은 의식을 잠재운 채 눈으로만 구경하기에 안성맞춤인 곳이라 여겼기 때문이다. 그런 생각은 황사와 추위에도 다행히 잘 유지되었고 단순한 즐거움과 가벼운 흥겨움을 잃지 않았다.

어느 날, 유적지를 돌아보고 나와 한적한 공원 뒷길을 걷게 되었다. 해가 설핏한 무렵, 인적이 뜸한 공원 안에 앉아 있는 노부부가 눈에 띄었다. 부부는 나무의자에 앉아 우두커니 앞을 바라보고 있었다. 노부부의 시선은 발치에서 먹이를 쪼는 서너 마리의 회색 비둘기에 머물러 있었다. 발걸음을 멈추고 물끄러미 그들을 바라보고 있었다. 낯선 땅에서 바라본 노부부의 모습은 차츰 가슴에 노을과 함께 내려앉기 시작했다. 일행들의 모습이 멀어져 발길을 재촉해야 하는데도 선뜻 발길이 떨어지질 않았다. 마냥 그러고 있을 수가 없어 머리를 흔들며 발걸음을 재촉했다.

재우쳐 걷고 있는데 또 한 풍경이 눈길을 붙잡았다. 길거리에서 혼자 춤을 추며 노래를 부르는 강파른 사내였다. 사내는 취한 듯 보였으며 노랫가락 속엔 그래도 여유와 흥겨움이 배여 있었다. 공원의 노부부는 어느새 뇌리에서 잊히고 이국 사내의 늘어지는 춤사위와 노래에 젖어 있었다. 이를 구경하는 주위 사람들의 표정을 살펴보니 각기 달랐다. 그 중엔 고양이를 안고 있는 사십이 넘어 보이는 갈걍갈걍하게 생긴 여인이 눈에 띄었다.

여인의 품엔 흰 고양이가 안겨 느긋한 표정을 짓고 있었다. 여인은 춤추는 사내에게서 눈길을 거두더니 고양이에게 속삭이듯 무어라 귀엣말을 했다. 그리고는 고개를 들어 어두워 가는 하늘을 바라보다 저편으로 걸어갔다. 사내와 여인을 번갈아 바라보며, 불현듯 사는 일이란 대리석과 진흙으로 이루어진다는 말이 떠올랐다. 마음이 자꾸 어디론가 기울어지는 느낌이 들어 다시 고개를 흔들었다.

마지막 날, 서너 시간 동안 바람 찬 겨울 협곡을 걷던 중 뜻밖에 귀퉁이에 간이화장실이 보였다. 비닐 장막을 젖히고 화장실에 들어섰다. 좁디좁은 화장실에 들어서는 순간 진한 향내와 매캐한 냄새가 뒤섞여 코를 찔렀다. 소변을 보고 되돌아 나오다가 들어설 때 보지 못했던 광경이 눈에 들어왔다. 웬 사내가 환丸의자에 엉덩이만 걸친 채 한쪽 귀퉁이에 앉아 있었다. 사내 옆엔 연탄 화덕이 놓여 있고 그 곁엔 향이 타오르고 있었다. 구접스러운 외투에 검정 바지를 입고 앉아 졸고 있던 초로의 사내는 인기척을 느꼈는지 천천히 실눈을 떴다. 사내는 눈을 들어 힐끗 쳐다보더니 관심이 없다는 듯 다시 눈을 감고 말았다. 그런 사내의 모습이 또 눈길을 붙잡았다. 무슨 생각을 하며 앉아 있는 것일까. 묵언 수행 중일까, 무료함을 잠으로 메우는 중일까. 아니면 무슨 꿈이라도 꾼 것일까. 왠지 얼굴 표정이 게게 풀어져 있었다.

가이드에게 물어본즉 화장실지기라고 하였다. 특별한 일이 없이 그렇게 앉아 있으면 된단다. 무심코 지나쳤지만 밖으로 나오니 고리삭은 사내의 모습이 차츰 손끝에 든 가시처럼 의식을 파고들기 시작했다. 어둡고 눅눅

한 곳에서 무료하게 졸고 있는 사내의 모습이 눈에 알짱거렸다. 인적이 드문 추운 협곡 간이화장실에서 사내는 온종일 자리만 지키고 있단 말인가. 머리를 흔들어 보았지만 사내의 모습이 더 악착같이 달라붙었다. 그날 밤, 독한 술을 예닐곱 잔 마셨다.

되돌아오는 길, 낯선 땅과 희읍스름한 황사를 벗어나 비행기 안에 있는데, 갈 때와는 달리 의식과 눈길이 편치 않았다. 갈 때는 눈길이 바깥 풍경을 향하다가 낯선 땅에서는 차츰 낮아지더니 돌아올 때는 가슴속으로 파고들고 만 것이다. 애초 마음먹었던 볼거리와 먹을거리에만 충실하려 했는데 그만 웅덩이를 만나고 말았다. 그건 생의 뼈마디였다. 단순하고 가벼운 흥겨움을 즐기려다가 외려 의식을 들쑤시는 덫에 걸리고 만 셈이다. 구덩이를 파는 자는 자신도 거기에 빠질 수 있다더니, 눈과 배만 호사를 부리자는 짓도 어쩌면 삿된 목표였던 모양이었다. 해질 무렵, 생의 뼈마디가 담긴 여행 가방을 끌며 인천공항 로비를 빠져나왔다.

정태헌 | 『월간문학』 등단 (1998년). 한국문인협회, 수필문우회, 무등수필 회원, 수필세계 편집위원. 수상: 광주문학상, 현대수필문학상, 대표에세이문학상 등. 저서: 수필집 『동행』 『목마른 계절』 『경계에서서』 『바람의 길』 『여울물소리-선집』 등. E-mail: lovy-123@hanmail.net

절리에서 생生의 물결을 보다

김선화

파도소리, 바람소리만이 벗하는 쪽박만 한 섬. 세인世人들에게 크게 어필되지 않아도 나름의 몫을 다하며 살아가는 사람인 양 그 품새가 대견하게 와 닿았다.

그 섬, 길 열렸다. 여러 번 갔어도 섬에 직접 닿아보질 못했는데, 마침 썰물이어서 조개껍질 길을 걸어 그곳에 갔다.

섬이 가까워질수록 드러나는 절리 층이 짙은 갈색으로 발바닥을 자극한다. 묻어둔 내면의 울림이 고개를 든다. 어디서 보았더라. 어디서 걸었더라. 유명세를 탄 바닷가의 관광지 말고 사람들이 벌떼처럼 모이는 왁자한 곳 말고 소박하다 못해 아슬아슬해 가슴 저린 그런 곳 있었는데, 그래서 이렇듯 머뭇머뭇 모난 면을 밟으며 서성이고 있는데 파도소리 철썩이며 밀물을 재촉한다.

사나운 폭풍우에 스러진 나무는 소금기 절은 바위에 거대한 둥치를 맡기고 있다. 흙에 엉거주춤 붙어있는 뿌리도 머잖아 분리되고 말 것이다. 그러면 나무는 얼마간 안간힘을 쓰다가 바람 부는 대로 데굴데굴 굴러서 물살에 휩쓸리겠지. 붉은 뿌리 감쌌던 자리에도 빗물 흘러내려 바다로 흡수되겠지. 그렇게 풍화작용에 의해 드러나는 땅의 뼈대를 작은 섬 찾아가는 길에 재삼 확인한다. 섬이 점차 침식되어가고 있다는 확실한 증거 앞에서 다독여둔 생의 물결을 만난다. 어디선가 분명 보았다. 언젠가 분명 걸었다. 그곳이 어디인지가 의문인데, 근래에는 산길을 걷다가 드러난 암석층에 가슴 설렐 때가 몇 번 있었다. 특히 계곡과 계곡 사이의 뾰족뾰족한 돌기를 만날 때 그 매끄럽지 않은 길이 왠지 좋았다. 마치 반가운 사람을 만난 것처럼 가슴이 쿵덕거렸다. 그런데 그것이 어떤 연유인지를 미처 알지 못했다.

섬에서 섬으로 가는 길이었다. 육지와 섬의 통로 시화방조제를 지나 대부도에서 작은 표지판에 마음을 빼앗겼다. '쪽박섬'이란다. 바가지 중에 크게 쓸모가 없고 가장 작은 것을 일컬어 그리 부르는데, 땅에 이런 직설적인 이름이 붙었으니 어떻게 생겼는지 확인해보고 싶어졌다. 그래서 표지판이 가리키는 소로小路를 따라 가보기로 했다. 육지, 그것도 내륙지방의 산골아이로 자란 내가 바닷가 마을을 둘러보는 것은 생경스럽기 그만이었다. 주마간산 식으로 해안가를 드라이브하는 것쯤이야 이젠 일상이 되었지만, 소소한 지명에 이끌려 일정을 바꾸기는 흔치않은 일이다.

얼마쯤 나아가자 '고랫부리'란 이정표가 또 해학을 부른다. 짐작만으로도 지형이 고래의 입처럼 튀어나왔다는 뜻일 터인데 새에게나 어울릴 성싶은 부리를 바다의 생물에 붙였으니 이 지역 사람들의 천부적 비유에 탄복하게 된다.

쪽박섬은 대부도 불굴산 줄기 서쪽해안에 뚝 떨어져 있는 바위섬이다. 큰길에서 아늑하니 내려앉은 분지모양의 땅에 몇 채의 민가가 있는데 그 조용한 마을길을 헤치고 다다른 바다에서는 물소리가 먼저 악수를 청해 왔다. 과연 우측에 동동 떠 있는 바가지 하나! 척하니 저것이로구나 싶었다. 만조 때라 다가갈 수는 없었지만, 그 후로 나는 툭하면 이 해안가에 서 있었다. 태양이 이글거리는 여름철에도, 혹한이 몰아치는 엄동설한에도 이곳에 오면 오랜 지기를 만난 양 마음이 편안했다.

고즈넉해서 좋은 섬. 파도소리, 바람소리만이 벗하는 쪽박만 한 섬. 세인世人들에게 크게 어필되지 않아도 나름의 몫을 디히며 살아가는 사람인 양 그 품새가 대견하게 와 닿았다. 움츠린 듯 의연한 듯 제자리에서 정성껏 귀한 생명을 품어 키워내고 있을 작디작은 섬. 찾아가는 날마다 물살의 풍요에 젖어 늘 그런가 보다 했는데, 이날은 해안 끝점에서 조롱바가지의 손잡이 쪽으로 살풋 길이 나 있었다. 걸음이 빨라졌다. 물살이 언제 덮칠지 몰라 잰걸음으로 다녀오기로 했다. 더구나 나는 산골아이의 근성답게 만조와 조금 때를 잘 구분 짓지 못한다. 바닷가에서 자란 지인들이 열심히 설명을 해줘도 그게 잘 이해되지 않으니 과학적으로는 맹추이다. 게다가 겁은 많아 수영도 못하니 자연적 물을 두려워할 수밖에. 그러면서도 모처럼 열어 보인 길을 놓칠세라 섬을 향해 나아간다. 다가갈수록 거북이 한 마리 납작 엎드려 목을 뺀 형상이다. 첫인상 쪽박으로 여길 때보다 가슴이 곱절은 뛴다.

그런데 말이다. 발짝을 내디딜수록 쪽박이고 거북이고를 떠나 머리카락

꺼벙한 늙은 아버지가 거기 있었다. 일을 하다 힘겨워 몸을 반쯤 뉘이고 쉬는 형국이다. 지게 멜빵을 채 벗어 내리지 못하고 비스듬히…. 농사일에 절어 이발도 제대로 못하다가 장날에나 매끈하니 미남이 되시던 우리들의 아버지가, 쉬엄쉬엄 숨을 고르며 새 힘을 돋우는 인상착의로 수염조차 덥수룩하다. 절리를 이룬 언덕 위로 성근 잡목들과 소나무가 해풍을 벗하는데 그 풍광에 그만 그렁해진다.

고향 뒷산 길, 구릉을 개간한 서른 개가 넘는 뙈기밭에서 아버지는 조심조심 먹을거리를 지고 오셨다. 어머니는 메꾸리를 인 채 고무신이 닳았고, 일곱 동생의 누나인 나는 아기를 업고 양산 받쳐서 샛젖 먹이러 다니느라 허리 병을 앓았는데, 그때 그 길에 이런 곳이 있었다. 제대로 걸어야 하는데 중심잡기 어려워 넘어지기 십상이던 땅의 뼈대. 군데군데 습지대가 있고, 크고 작은 산도랑을 건너다니려면 피할 수 없던 복병이 바로 돌기밭이었다. 그렇게 져 나르고 여 나르고 업어 나른 생의 여울목을 이 섬에 와서 만난다. 발바닥을 부추기는 날선 기운이 오래전의 발걸음과 해후하게 한다. 잊고 살던 생의 물결이 엉뚱한 곳에서 되살아나 일렁인다.

잠깐사이 밀물이 몰려와 건너온 길의 폭이 좁아지고 있다. 저편 해안에는 이전의 내가 그랬던 것처럼 사람들이 둘씩 셋씩 서성인다. 서둘러 나오는 길에 파도가 친다. 재빨리 이음 길을 벗어난다. 그러면서 자꾸 뒤를 돌아본다. 물에 잠겨가는 비스듬한 절리 층이 무수한 말을 걸어온다. 반드시 어떤 무늬를 그럴싸하게 그려내야만 고운 이름이 붙겠는가. 비뚤 빼뚤 균형이 잘 맞지 않더라도 어느 순간 누군가에게 특별한 울림으로 다가온다면 일품의 주상절리가 되는 것이겠지.

가슴 충만하도록 섬 하나를 안는다. 세월의 뼈대층간에 고여 있던 잔잔한 물결이 수줍게 미소 짓는다.

김선화 | 『월간문학』 수필 등단(1999년), 『월간문학』청소년소설 등단 (2006년). 한국문인협회, 국제펜클럽, 수필문우회 회원, 한국수필가협회, 선수필 편집위원, 군포중앙도서관 문학 강의. 수상: 한국수필문학상, 대표에세이문학상, 대한문학상, 전국성호문학상. 저서: 수필집 『포옹』외 7권, 청소년소설 『솔수펑이 사람들』외 1권, 시집 『빗장』외 2권. E-mail: morakjung@hanmail.net

배낭 속 책

박경희

내 안에 잠자고 있던 이야기들이 서로 먼저 써 달라고 아우성이었다. 짧지만 강렬한 첫 기차여행에서 얻은 선물이었다.

내 영혼은 늘 보헤미안이 되어 어딘가 떠나길 갈망했다. 그러나 번잡한 일들이 내 발목을 잡았다. 나는 떠나기 위해 오늘을 치열하게 살았다. 더는 참을 수 없다 싶으면 배낭을 멨다. 배낭 속 깊이 간직한 책 한 권과 함께.

연년생 두 아들을 키울 때는 갈증이 더 심했다. 타들어 가는 논바닥처럼 목말라 하던 어느 날, 두 아들이 수련회를 떠났다. 기회다 싶었다. 나는 무작정 경춘천 기차를 탔다. 덜커덕. 덜커덕. 기차 소리에 내 마음도 콩닥거렸다. 얼마 만에 느껴보는 혼자만의 여행인가! 차창 밖으로 보이는 모든 풍경이 눈물겹도록 아름다웠다. 남춘천역에 내렸지만 막상 갈 곳이 없었다. 하릴없이 공지 천으로 가는 버스에 몸을 실었다. 커피 맛이 좋기로 유명한 찻집에 앉아 소설을 꺼냈다. 스펀지 물 빨아들이듯 공감백배였다. 맛있고 달콤한 독서였다. 어느새 땅거미가 뉘엿뉘엿 졌다. 집으로 돌아갈 시간임을 알려 주는 것 같아 야속했다. 아쉬운 마음으로 노을 지는 차창 밖을 내다보며 조용히 외쳤다.

'다시 소설을 시작하자!'

세상의 공감대를 끄집어낼 소설을 쓰리란 결심이 서자 마음이 급했다. 눈앞에 원고지가 아른거리고, 내 안에 잠자고 있던 이야기들이 서로 먼저 써 달라고 아우성이었다. 짧지만 강렬한 첫 기차여행에서 얻은 선물이었다.

아이들이 스무 살이 넘으면서부터는 조금씩 삶의 족쇄가 풀리는 듯했다. 홀로 해외여행을 떠날 때만 해도, 내가 없으면 모든 것이 정지되는 줄 알았다. 착각이었다. 내가 열흘 넘게 집을 비웠어도 우리 집은 끄떡없이 잘 돌아가고 있었다.

그때부터 나는 늘 홀로 여행을 꿈꾸며 살았다. 떠나기로 한 날이 표시된 달력만 바라보아도 신이 났다. 배낭 속에 넣어 갈 책을 고르는 재미 또한 쏠쏠했다. 책은 내게 또 다른 세상을 향한 징검다리였다. 특히 여행지에서 읽는 책은 내 삶의 비타민이자 활력소였다.

소설로 등단했지만, 설 자리를 찾지 못해 방황하던 때가 있었다. 불면의 밤을 보내다 결국 배낭을 쌌다. 트레킹을 준비해 온 터라, 망설임 없이 울란바트르 행 비행기를 탔다.

나는 "여행은 서서 하는 독서이며, 독서는 앉아서 하는 여행."이라는 말을 좋아한다. 그래선지 배낭 속에 책을 넣을 때마다 설렌다. 은밀한 기쁨이었다.

몽골행 비행기는 탈 때마다 느낌이 달랐다. 단체 여행이 아닌 혼자 떠나는 오지 여행은 더욱 감회가 깊었다. 흡습 골을 향한 길은 멀고도 험했다. 내 삶처럼 가는 길이 사막이라도 가야만 했다. 울란바트르 공항에서 지방 비행기를 갈아타고 사막용 트럭에 실려 7시간을 달린 뒤 나타난 신세계! 흡습 골이 눈앞에 펼쳐졌다. 황홀하다는 말로 표현하기에는 역부족했다. 에메랄드빛 호수를 보며 심장이 멎는 줄 알았다. 산 넘고 초원을 지나 깊은 산 속에 이토록 거대한 호수라 있으리라고는 상상도 못했다. 끝이 보이지 않는 호수였다. 맑은 물속에서 고래 같은 물고기들이 유유히 헤엄을 치고 있었다. 누군가 나를 위해 마법사를 보낸 게 아닌가 싶을 정도로 신비롭고 멋진 풍경이 영화처럼 펼쳐졌다.

나중에 알고 보니 흡습 골은 제주도의 8배나 되는 거대한 호수였다. 장대한 호수를 구경하다 말고, 나는 숙소를 향해 달렸다. 배낭에 넣어 온 책을 호숫가에서 읽고 싶었다. 초원 위를 유유히 거니는 사슴과 장엄한 호수의 절묘한 풍경 속에서 책을 읽었다. 비로소 숨을 쉬는 것 같았다. 그동안 내면에 일렁이던 파도가 잠잠해지며, 밑바닥까지 내려간 자존감이 치고 올라오는 느낌이었다. 내가 바다 같은 호숫가에서 두근거리며 읽은 책은, S. E. 힌턴의 『아웃사이더』 였다.

게르에 들어와서도 촛불 밑에서 책을 읽었다. 아웃사이더로 사는 주인공들의 행보에 가슴이 시려 하늘을 쳐다보았다. 아! 엄청난 별똥별들이 내 앞으로 쏟아져 내리고 있었다. 너무 황홀해서 눈물이 나올 뻔 했다. 순간, 나도 모르게 별들에게 약속했다.

'그래. 나도 아프고 소외당한 청소년들의 이야기를 쓸게!'

그 이후로도 난 삶이 흔들릴 때마다 배낭을 멨다. 여행은 내게 이정표가 되어 주었다.

이번 겨울에는 네팔 안나푸르나가 보이는 설산 마을에 갈 예정이다. 겨울 여행 배낭 속에 들어 갈 책은 무엇으로 고를까? 자못 기대가 된다.

박경희 | 『월간문학』수필 등단 (2000년), 『월간문학』소설 등단 (2004년). 방송작가, 탈북 대안학교 강사. 수상: 한국프로듀서연합회 라디오부문 한국방송작가상, 대표에세이 문학상. 저서: 수필집 『내 나이 마흔으로 산다는 것은』 등 2권, 청소년소설 『난민소녀 리도희』 『류명성통일빵집』(한국문화예술위원회 문학나눔 우수도서 선정, 2013) 『고래 날다』 『분홍벽돌집』 『여섯 개의 배낭』 (세종도서 우수도서 선정, 2016) 등. E-mail: park3296@naver.com

통곡의 벽

정정심

누구든지 한이 있는 사람은 그 방에서 가슴을 치면 소리가 텅텅 난다고 한다. 나도 손바닥으로 가슴을 쳤더니 텅텅 온 방이 울리는 소리가 났다.

세계 7대 불가사의 중 하나인 앙코르 유적지에 도착했다. 입구에 들어서자 희고 검붉은 돌로 조각을 해 세운 돌사람들이 웅장하게 줄을 서 있고 그 뒤에 바위가 산더미처럼 쌓여있는 듯한 건물로 들어갔다. 멀리서 보면 구조물로도 보였지만 가까이 가보니 20만 개의 블록들로 사람의 얼굴을 새긴 바위였다. 여기가 앙코르톰이라고 했다.

자야르만 7세는 어머니를 위해서 타프롬 사원을 세우고 아버지를 위해선 프레아칸 사원을 세우고, 자기 자신을 위해선 바이욘 사원을 세웠다고 한다. 사원의 외곽은 54개의 크고 작은 탑들이 중앙 성소를 에워싸고 지붕을 이루는 216개의 큰 바위에는 관세음보살님과 자야르만 7세가 자기 얼굴이라고 믿었던 앙코르의 미소가 천년 세월에도 변함없이 자비로운 미소를 짓고 있다.

기나긴 회랑回廊의 벽화에는 전쟁 나가는 군사들과 그 당시 사람들의 생활모습들이 새겨져 있었는데 돼지 잡는 모습, 닭싸움 장면, 수도하는 수행자들의 모습, 머리에 이를 잡아주는 여인, 진통을 겪으며 분만하는 여인, 생선을 파는 여인, 야생동물을 향해 활을 쏘는 사냥꾼, 전쟁 중에도 사람들의 눈을 피해 사랑을 속삭이는 모습까지 조각으로 꽉 채워져 있었다.

천 년 전 그 시대 사람들은 모두 조각을 하는 석공들이었단 말인가? 작은 체구에 기계도 없었을 시절에 어떻게 그 무거운 많은 돌을 운반하였는지, 섬세한 조각 솜씨에 놀랍기만 하다. 물과 흙, 태양과 바위 그리고 신과 인간이 만나 한자리에 공존하는 곳, 원시의 순수함과 인류 문명이 어우러진 앙코르 유적지라는 곳이 마냥 신기하면서도 위압감이 느껴졌다. 가이드는 역사적으로 이렇게 섬세한 조각은 사람으로서는 힘든 일이었을 것이고 우주인의 작품이라고 생각한다고 했다.

그곳 많은 사원을 관람하면서 가장 내 마음에 크게 와 닿은 곳은 바로 원시적 신비로움과 자연의 거대한 위력을 감상할 수 있는 타프롬 사원이다. 이 사원은 자야르만 7세가 왕위에 오른 지 5년 만에 어머니를 기리기 위해 헌납한 사원이다. 수많은 건물을 남긴 자야르만 7세지만 최초로 지은 건축물이 어머니를 위한 사원이란 점으로 보아 효성이 지극한 왕이었던 것으로 추측이 되어 감동이 왔다.

그곳에는 고위급 승려 18명 외에 관리인, 보조원, 무희들 등을 모두 포함해서 이만 육천 명이 거주했다고 한다. 자야르만 7세가 어머니를 위해 꾸몄다는 방에 들어갔다. 천장이 뚫렸는데 예전에는 천장이 다이아몬드로 덮여 있었고 벽 사면에 구멍이 숭숭 뚫려 있었는데 그 구멍마다 사파이어와 루비가 박혀있었다고 한다. 보석이 무려 사만오백이십 개가 박혀있던 자리다. 그 보석들은 지금 박물관에 보관되어 있다고 한다. 그곳을 지나 다른 방으로 들어갔는데, 어머니가 돌아가시자 왕이 그 방에서 통곡을 했다고 해서 '통곡의 벽'이라고 이름 붙였다고 한다.

누구든지 한이 있는 사람은 그 방에서 가슴을 치면 소리가 텅텅 난다고 한다. 나도 손바닥으로 가슴을 쳤더니 텅텅 온 방이 울리는 소리가 났다. 왕으로서 효성을 다했는데도 어머니가 돌아가신 후 얼마나 애절한 아픔으로 통곡을 했으면 그 한이 서려 천 년이 넘는 이 세월까지 그런 현상이 나타날까. 나는 또 한 번 불효에 대해서 크게 반성하며 가슴이 아파 왔다.

통곡의 벽을 나와 뜰로 내려섰을 때 기이한 광경이 기다리고 있었다. 그것은 천 년의 세월을 지탱해 온 사원에 나무뿌리가 감겨 마치 용트림을 하는 것 같았다. 그 아름답고 어마어마한 사원이 스펑 나무에 의해 점령당한 모습이라니! 곧게 솟은 이행 나무와 사원이 벽과 기둥을 휘감으며 뿌리를 뻗고 지붕 위에 우뚝 솟은 스펑 나무들이 경쟁 속에 함께 공존하고 있다는 생각에 섬뜩하면서도 무서웠다. 잘라내고 파내어도 뻗어 나가는 뿌리를 막아낼 도리가 없어 포기했다고 한다. 그래서 이곳은 사원 복구를 하지 않고 19세기에 발견된 모습 그대로 두고, 다만 관광객들을 위한 최소한의 통행로와 안전을 위한 관리만 한다고 했다.

나 혼자 불교의 연기법으로 생각해 보니, 그 사원과 풀지 못할 어떤 원한을 지닌 영혼이 스펑 나무로 환생하여 그 사원을 파괴하고 지붕 위에 제가 제일이라는 듯 우뚝우뚝 서서 원한을 풀고 있는 것을 보여주는 듯해서 가슴이 서늘해 오기까지 했다.

타프롬 사원을 나올 때 어디선가 요령소리가 계속 들려 왔다. 근처 어느 사찰에서 스님이 저녁 예불을 드리거나 영가 천도재라도 지내는 것이 아닌가 하고 두리번거려 보았으나 폐허뿐, 어느 사찰도 보이지 않았다. 서쪽 하늘에는 붉은 노을이 곱게 물들면서 해가 뉘엿뉘엿 넘어가고 돌집 위에 하늘을 찌를 듯이 우뚝 선 스펑 나무 가지에 음력 열나흘 흰 달이 힘없이 걸려 있었다. 어디선가 소쩍새 울음소리가 구슬프게 울려온다. 그 울음소리가 꼭 내 엄마 영혼의 울음소리로 들려오는 듯했다. 기분이 묘하게 서글퍼오고 형언할 수 없는 적막감과 허탈함이 엄습해 왔다. 통곡의 벽을 보고 나온 뒤라 그랬는지 모르나 이국의 하늘이 낮게 가슴으로 파고드는 듯했다.

그날 이후 요령 소리와 사원을 휘어 감고 서 있는 스펑나무와 하얀 달, 소쩍새 울음소리와 통곡의 벽은 나에게 어떤 큰 화두를 주고 있다.

청정심 | 『월간문학』 등단(2002년). 국제펜클럽 한국본부, 한국문인협회, 음성문인협회, 대표에세이문학회 회원. 수상: 불교 청소년도서 저작상, 연암문학상 본상. 저서: 수필집 『청향당의 봄』 『내 마음에 피는 우담바라』 『내 안에서 만난 은자』 등. E-mail: cjseda@hanmail.net

수암골 풍경

김윤희

"날 위해 웃어 줄래? 넌 웃는 게 예뻐." 누군가 달아준 팻말을 가슴에 안고 연탄재가 하얗게 웃는다. 마주 웃는 내 가슴이 찡하다.

뒤란 왕보리수나무 열매가 빨갛게 익어가고 있다. 소담하다. 선홍으로 저를 밝히며 숙성되어 가는 과정이 힘에 겨워서일까. 휘휘 늘어져 있다. 담벼락에 걸쳐 있던 두어 가지는 이미 담장을 넘어갔다.

울 밖의 것은 아예 지나가는 사람들의 몫으로 돌리려 해도 아무도 탐하는 이가 없다. 먹을거리가 풍족해서인지, 사유 재산의 경계가 명확해서인지는 알 수 없으나 아마도 골목길에 아이들이 사라진 것이 가장 큰 이유이지 싶다. 무심히 오가는 행인에게 제 혼자 눈 맞춤하려 애쓰는 보리수 열매가 외려 안쓰러울 지경이다.

이웃집 여인에게 전화를 하여 소쿠리 들고 와서 따 가라고 했더니 지퍼백 비닐봉투 하나를 달랑달랑 들고 온다. 순간 속으로 피식 웃음이 터졌다. 대소쿠리는 못 되어도 최소한 플라스틱 소쿠리는 들고 올 것이라 짐작했다. 떫어서 별 맛은 없어도 그냥 어린 시절 추억을 떠 올리고 신바람을 내며 따 가리라 생각한 건 순전히 내 편견인지 모른다. 사실 보리수 열매야 맛 보다는 앙증맞은 그 빨간 열매를 보는 맛, 따는 재미 아니던가.

담장을 사이에 두고 넘겨나보니 열매 따는 손이 영 신통치 않다. 그녀는 이런 열매를 직접 따본 일이 한 번도 없단다. 부산에서 자랐기 때문에 시골에 대한 아무런 경험도, 추억도 없다는 것이다. 오히려 여기 진천이 고향인 자기 남편이 이런 일을 더 좋아한다며, 익숙하지 않은 손놀림으로 건성건성 얼마간의 열매를 따 가지고 돌아간다.

도회 생활을 해 왔다고는 하지만 중년 여인의 정서가 이러한데 요즈음 자라나는 이이들이야 오죽하랴. 보리수 열매가 아무리 윤기를 내며 빨갛게 익어간다 해도 어릴 적 추억이 없는 사람들은 거들떠보지를 않는다.

옆집 담장을 넘어간 감나무의 홍시가 뉘 집 감이냐, 창호지 문으로 주먹을 들이밀며 야물게 소유를 따져 묻던 오성과 권율의 감나무 일화가 물큰 그리움으로 다가온다. 왁자글한 아이들 목소리로 생기가 가득 찼던 골목길은 네 것 내 것 따지면서도 슬쩍 눈감아줄 줄 아는 무던함이 녹아있었다.

얼마 전 사라져가는 골목문화를 찾아 글벗들과 수암골로 향했다.

한국전쟁 당시 피란민들이 우암산 자락으로 찾아들면서 마을을 이룬 곳이다. 가풀막진 산자락 따라 호비작호비작 터를 고르고 고단함을 뉘일 안식처를 마련해 가는 동안 오밀조밀 서로 등 기대며 정을 붙여 살아왔음이 읽혀진다.

산업화와 더불어 빠르게 성장하는 경제발전 속에서도 그들의 발걸음은 더뎠다. 운신의 폭이 좁은 비탈에 서서 겨우 자기 균형을 잡아가기에도 급급했을 상황에 버젓한 재개발 동참이 그리 쉬웠겠는가. 민들레나 개망초처럼 그저 그들이 삶아온 삶이 그랬듯 낮게 엎드려 어기적어기적 골목길을 오르내리며 살아냈으리라.

2007년 공공미술 프로젝트가 진행되면서 좁은 골목길에 아이들이 쏟아져 나왔다. '슬리퍼를 신고 전봇대를 오르는 여자아이'가 단연 수암골의 주역이다. 말뚝 박기와 '무궁화 꽃이 피었습니다' 놀이에 열중하는 아이들은 목소리가 사라진 채, 벽화 속의 정물이 되어 어른들의 추억을 회상시키고 있다.

어느 골목은 전체가 피아노 건반으로 이루어져 있다. 그 옛날 수암골 아이들에게는 피아노 건반을 두드려 보는 것이 선망이었을 게다.

낙서로 얼룩진 변소 문에 쓰여 있는 커다란 글씨 '노크'가 유난히 정겹고 낯익다. 허름한 담장 너머로 안이 훤히 들여다보이는 집들이 게딱지같은 지붕을 서로 맞대고 있는 건 그들끼리 온기를 나누기 위한 건지도 모르겠다. 없는 살림에도 먹을 걸 넘겨 주고받으며 그렇게 허허로운 삶을 채워갔기에 골목길에선 오래도록 정겨움이 묻어나는 것이 아닌가 싶다.

전망대에 오르면 불빛 찬란한 청주 시내가 한눈에 내려다보인다. 부러운 눈으로 그 얼마나 자신을 곱씹었을 것인가. 세상이 참 많이 변하고 있다. 수암골 역시 곳곳이 허물리고 현대식 건물이 번듯번듯 들어선다. 여러 드라마 촬영지로 주목을 받으면서 약삭빠른 도회의 상술이 먼저 손을 뻗치고 있음이다.

수십 년 이곳을 오르내리며, 주민들이라고 왜 안락하고 화려한 생활을 꿈꾸지 않았겠는가. 관광객들의 발걸음이 잦아지고 있다. 그래도 토박이들은 여선히 아무 일 없었던 듯 자투리땅에 푸성귀를 심고, 골목골목 틈새에 키 작은 꽃을 가꾸면서 골목길 닮은 모습으로 정을 다독이며 살아간다.

골목길 한켠엔 하얀 연탄재가 소복이 쌓여 있다. 예술이란 이름으로 연탄재가 재탄생 되어 또 다른 볼거리를 만들고 있지만, 수암골 사람들의 고달팠던 삶의 한 단면이 고스란히 드러난다. 그네들도 한때는 새까만 연탄에 불꽃을 일구며 일탈을 꿈꾸었으리.

"날 위해 웃어 줄래? 넌 웃는 게 예뻐."

입 한쪽이 허물어지면서도 누군가 달아준 팻말을 가슴에 안고 연탄재가 하얗게 웃는다. 마주 웃는 내 가슴이 찡하다.

김윤희 | 『월간문학』 등단(2003년), 충북 진천 출생. 청주대학교 행정대학원 졸업, 한국문인협회, 충북수필문학회, 대표에세이문학회, 진천문협 회원. 수상: 대표에세이문학상. 저서: 수필집 『순간이 둥지를 틀다』 『소리의 집』. E-mail: yhk3802@hanmail.net

또 하나의 행운, 발리

김현희

인도네시아어로 '별'이라는 뜻의 '빈땅BINTANG'맥주와 함께 한 짐바란 비치에서의 불타는 노을이 지금도 인상 깊게 자리하고 있다.

신들의 섬, 발리는 인도네시아를 이루고 있는 수많은 섬 중의 하나로 산스크리트어의 '제물'을 뜻하는 와리Wari라는 말이 변형되어 지금의 발리Bali가 되었다고 한다. 물론 신에게 바쳐진 섬이지만 여행자인 우리에게도 열려있었다. 특히나 행운이란 이름으로.

평소 특별한 행운과 경품 등은 나와 별 상관이 없는 거라 생각하며 일상에 순응하며 살아온 지 반세기 만에 믿기지 않는 행운이 나에게로 왔다. L사에 재미 삼아 응모하고 잊어버리고 있던 경품이 국적기, 그것도 비즈니스석으로 숙식 포함한 500만 원 상당의 2인용 발리여행상품 당첨으로 오다니….

통보전화를 받은 처음엔 아이들을 위시한 우리 가족 아무도 그 사실을 믿지 않으려고 했다. 남편과 아들아이는 사리분별 정확한 성격답게 여행

일정을 주관하는 계열사 L여행사에 직접 전화로 확인해보라 했고, 매사에 조심성이 많은 딸아이는 역시 의심이 많은 성격답게 보이스피싱이라며 당첨자 부담인 제세공과금 22%를 절대 입금하지 말라며 나를 종용하는 것이었다.

사실 의구심도 그랬지만 지난 몇 년간 가뭄 속의 단비처럼 유럽여행의 문화 예술분야 매력에 흠뻑 빠져있던 나로서는 휴양지인 발리여행이 주위 생각만큼 그리 달갑지만은 않았다. 그리하여 하루를 고민하고 답변을 주겠다는 배부른 자의 여유를 부리기도 했지만 결국 여러 해프닝을 뒤로 한 채 발리여행을 떠나게 되었다. 여행은 여행을 꿈꾸고 계획하는 그때부터 행복의 시작이 아닐까. 기다림의 즐거움으로 여행의 즐거움은 훨씬 배가 된다. 순간의 선부른 결정으로 좋은 기회를 놓치지 않게 되어 얼마나 다행인지.

처음으로 느껴본 공항 프레스티지 라운지 바와 7시간이 지루하지 않은 기내 비즈니스석의 안락함, 선택의 폭이 넓은 기내식의 메뉴, 승무원의 남다른 서비스…. 어쩌면 이 모든 것들이 내가 경비를 지불하는 여행이라면 절대 맛보지 못할 내용이었기에 출발부터가 내게는 즐거움의 시작이었다. 그리고 발리의 이색적이고 아름다운 풍광도 당연 우리 기대를 저버리지 않았다.

발리의 아름다운 자연환경 외에 또 다른 매력은 발리 인들의 삶 자체가 아닐까 한다. 인도네시아 국민의 80%이상이 이슬람교를 믿는데 반해 발리는 거의 힌두교를 믿으며 힌두문화의 전통이 유지되고 있는 곳이다. 그래서인지 집집마다 출입문 앞에는 각양각색의 꽃을 담은 제물이 놓여 있어 걸을 때마다 밟지 않으려고 애썼던 기억이 새롭고, 여성들의 전통의상인 사롱과 힌두교를 상징하는 음악과 춤 등 경치만큼이나 이국적인 모습이 퍽 인상적이었다.

흔히 발리는 신혼부부들이 선호하는 여행지이며 오래전 TV 드라마 〈발리에서 생긴 일〉로 알려져 있다면 요즘은 단연 케이블방송의 〈윤식당〉 촬영지인 발리 옆 롬복 섬으로 인해 더욱 주목받는 지역이 되었다. 봄날의 출발하는 그날도 Y식당 촬영 팀과 출발날짜가 같아 우리가 탑승하는 항공편이 아닐까 도리어 떠나지 않는 아이들이 더 관심을 보였으나, 번잡한 걸 피하고 싶은 나로서는 다음 항공편이라 다행이라 생각했던 재미난 기억도 있다.

발리의 연평균 기온은 높은 편이지만 바닷바람으로 느껴지는 체감온도는 그리 나쁘지 않았다. 특히 지역상 호주로 가는 길목에 위치해서 그런지 호주 관광객들이 많았지만, 역시 발리는 세계 여러나라 사람들을 다양하게 만날 수 있는 관광지였다. 그곳에서 빈땅 맥주와 나시고렝 같은 현지음식, 가끔은 메이저 원두 산지에서 즐기는 발리커피 맛을 음미해 보는 것도 나쁘지 않을 것이다.

뿐이랴. 경치 좋은 절벽위에 바다의 신을 모신 힌두사원인 울루와뚜 절벽사원과 영화 〈먹고 기도하고 사랑하라(Eat, Pray, Love)〉의 촬영지로 유명한 눈이 부신 빠당빠당 비치, 서핑은 하늘이 허락한 파도가 있는 곳에서

만 누리는 특권이라는 꾸따비치, 산을 배경으로 마을이 형성되어 발리사람들의 삶과 문화가 살아 있는 아름다운 여행지인 우붓 등 모두 좋았지만 무엇보다 나에게는 인도네시아어로 '별'이라는 뜻의 '빈땅BINTANG' 맥주와 함께 한 짐바란 비치에서의 불타는 노을이 지금도 가장 인상 깊게 자리하고 있다.

특히 발리 사람들의 예술적 기질은 조각이나 그림, 목각술이나 은세공 등에서 뚜렷하게 나타나는데, 나 또한 발리 기념품점에서 구입한 목공예로 만들어진 목걸이를 목에 걸 때면 또 하나의 행운이 내게로 오지 않을까 막연한 설렘을 갖기도 한다. 흔히 절망은 구체적인데 비해 희망은 추상적이라지만, 그래도 살아내야 하는 우리네 팍팍한 삶에서 생각지 않은 행운이란 것이 뜻밖에 생활의 활력소와 희망을 전해줄 수 있다면 이 얼마나 고마운 일일까.

그래서 내게는 여행지 '발리'가 단순히 많은 사람들이 선호하고 현재 뜨고 있는 여행지가 아닌 '행운'의 또 다른 이름으로 내게 다가온다는 것이다. 그리하여 '발리'라는 단어를 보면 나도 모르게 오롯이 그 언어가 보내는 희망적인 메시지에 서서히 빠져든다.

'당신에게 행운을 드립니다.'

김현희 | 『월간문학』 등단(2004년). 한국문인협회, 한국수필가협회 이사, 대표에세이문학회 회원, 부산대학교 졸업, 박물관대학 수료. 수상: 대표에세이문학상. 저서: 수필집 『진주목걸이』. E-mail: hyun103@hanmail.net

되새김질

우선정

숨차게 달려온 삶을 부려놓고 한 마장 쉬어가는 시간, 조였던
몸을 풀어놓은 것처럼 새들해진다.

산중턱의 도로에 차를 세우고 마을을 내려다본다.

느긋하다. 고만고만한 지붕을 맞대고 있는 동네에 이완의 평화가 고이고, 아스라하게 휘몰이 도는 기찻길도 차분하다. 가르마처럼 실개천이 조곤조곤 흐르는데, 대낮에 보았다면 산과 들을 쓰다듬는 소 울음소리가 들렸을 법하다.

마주 보는 산자락 끝에 한 점 해가 남더니, 하루를 보낸 태양의 하품처럼 자하의 띠가 걸린다. 숨차게 달려온 삶을 부려놓고 한 마장 쉬어가는 시간, 조였던 몸을 풀어놓은 것처럼 새들해진다. 잠시 가족도 잊고 일터도 잊고자 애쓴다.

노을의 딸꾹질은 어둠으로 이어져 엷은 바람이 길을 나선다.

엉성한 저녁의 빈 시간들이 흩어지고 내 그림자마저 나를 버린다. 누군가 나를 여기에 갑자기 데려다 놓은 것처럼 잠시 일탈의 멀미가 인다. 가뭄 든 논에 물이 고이는 걸 보며 숨이 찬 적이 있는데, 그 해갈의 벅찬 숨 기쁨이 헤이해진 몸을 엄습한다.

암컷을 부르는 수매미가 제 울음에 귀가 멀 것 같을 때, 문득 마음의 얼개들이 툭 끊어져 나의 숨소리조차 들을 수가 없도록 먹먹했다. 어디든 가야 한다고 떠나야 한다고 벼르다 온 길인데, 위안처럼 드문 바람이 어깨를 쓸어준다. 솔향에 가슴을 헹구고 풀벌레 노래에 더께를 풀어낸다.

내가 조금 깊어진 자신에게 돌아가는 길, 소란했던 삶을 곱씹어 보는 시간이고 느긋한 되새김질이다.

우선정 | 『월간문학』 등단(2006년). 한국문인협회, 파주문인협회, 대표에세이문학회 회원. 수상: 대표에세이문학상. 저서: 수필집『달빛처럼 흐르다』. E-mail: sjwoo0314@hanmail.net

1달러

곽은영

제 아이와 함께 공정여행을 가는 꿈! 공항으로 달려가는 그 날을 곱게 그려 봅니다. 이 꿈이 쑥쑥 자라서 세부의 그 어린 소녀에게도 꿈을 나누어 주고 싶습니다.

"1달러!"

"1달러!"

새파란 바다가 넘실거리는 여름이었습니다. 제 아이는 발밑에 펼쳐진 바다를 신기한 듯 내려다보았습니다. 처음 타 보는 비행기. 환호성이 터져 나왔습니다. 전 3년간 알뜰살뜰 적금을 부은 보람을 느꼈습니다. 드디어 우리 가족은 세부에 도착을 하였습니다. 서둘러 리조트에 짐을 풀고 아침을 맞이하였습니다. 우리 가족은 아름다운 풍경에 입을 다물지 못하고, 마냥 즐거운 추억을 사진으로 담았습니다.

짧은 일정이 금방 지나갔습니다. 돌아가기 전 우리는 시장에 잠시 들렀습니다. 저는 아이와 함께 망고를 골랐습니다. 그때였습니다. 어디선가 우르르 몰려든 어린아이들. 저마다 목걸이를 높이 든 채 목이 찢어져라 외쳤습니다. 제 아이는 너무 놀라서 울어버렸습니다. 남편은 재빨리 아이를 안고 차에 올라탔습니다. 그러자 아이들도 따라 올라왔습니다. 차 문에 매달리는 아이도 있었습니다. 창문을 마구 두드리는 아이도 있었습니다. 그야말로 난리법석이었습니다. 전 얼떨결에 들이미는 대로 목걸이를 받았습니다. 그리고 지갑에서 돈뭉치를 꺼내는 순간, 1달러만 쏙쏙 잽싸게 꺼내 가는 어린 손들을 보였습니다. 이제 볼일을 다 보았다는 듯 쏴아 빠져나가는 아이들. 다른 관광차를 향해 모두 뛰어가고 말았습니다. 차 안 가득 제 아이의 울음소리만 쩌렁쩌렁 울렸습니다.

그때였습니다. 제 아이와 비슷한 또래. 어쩌면 한두 살 더 많아 보이는 소녀가 서 있었습니다.

"1달러 안 받아요. 울지 말라고 주세요. 선물 줄게요. 아줌마 아이, 참 예뻐요. 부러워요!"

참 작고 가냘픈 손이었습니다. 그 손에 나무를 깎아 만든 빨간 물고기가 달랑달랑 매달린 목걸이가 보였습니다. 제 아이는 울음을 그치고 환하게 웃었습니다. 그 소녀도 방긋 웃었습니다. 전 10달러를 소녀의 손에 살며시 쥐여주었습니다. 세종대왕님도 한 장 더.

"고맙구나. 너도 참 예쁘단다."

차가 몹시 덜컹거리며 그 자리를 서둘러 떠났습니다. 맨발로 서서 손을 흔드는 어린 소녀. 어쩌면 한국말을 저리 잘 할까요? 얼마나 어릴 때부터 저 거리에서 목걸이를 팔았을까요? 가난 때문에 학교 대신 거리로 나온 어린아이들. 참 조숙해 보였습니다.

문득 꼬마 은영이가 떠올랐습니다. '가난'이라는 말을 일찍 알아버린 은영이도 늘 듣던 말이었지요. 조숙한 아이라는 말은 가슴 깊이 박혀서 늘 슬펐습니다. 엄마도 없는 가난한 애라는 말이 마구 심장을 쑤셔 파버렸으니까요. 제 아이가 지금 누리는 모든 즐거움을 전 감히 상상도 못했던 어린 시절을 보냈습니다. 그래서 제 아이만큼은 밝은 아이답게 키우고 싶었습니다.

한국으로 돌아오는 비행기 안에서 멀어지는 세부를 바라보았습니다. 자꾸만 귓가에 맴도는 소리가 들렸습니다.

"1달러!"

"1달러!"

여행은 제 아이에게 신나는 추억이 되었지만, 전 눈물만 범벅이 되어 버렸습니다.

꼬마 은영이가 엄마 은영이가 되어도 조숙한 심장은 늘 무겁기만 하니까요. 그 무게를 일찍 알아버린 그 세부의 소녀는 오늘도 1달러를 거리에서 외치고 있겠지요. 목이 터져라 말입니다.

그 후 전 고민에 빠졌습니다. 여행이 떠나온 사람과 반기는 사람을 모두 웃게 할 수는 없을까요? 그 답을 '공정여행'을 통해 알게 되었습니다. 공정여행은 유명한 관광지나 화려한 호텔로 안내해 주지 않는다고 합니다. 또 환경을 생각해서 대중교통을 이용합니다. 진짜 마을 사람들이 사는 동네에서 홈스테이를 합니다. 빗물을 받아 세수를 했다는 후기를 읽고 깜짝 놀랐습니다. 하지만 마을 잔치를 함께 준비하면서 정말 즐거웠다고 합니다. 그들과 같이 보낸 시간을 잊지 못한다는 말이 오래오래 가슴 속에 남았습니다. 그야말로 생생한 여행이 아닐까요?

여행은 어느 이에게 휴식이 되고 추억이 됩니다. 또 어느 이에게 일터이자 생계 수단이 됩니다. 전 제 아이에게 그 가치를 선물로 주고 싶습니다. 꼬마 은영이에게도 엄마 은영이에게도 치유의 선물을 주고 싶습니다. 눈물 대신 미소를 한 아름 안고 돌아오는 여행을 꿈꿉니다.

전 다시 알뜰살뜰 적금을 붓기 시작했습니다. 꿈을 꿉니다. 제 아이와 함께 공정여행을 가는 꿈! 공항으로 달려가는 그 날을 곱게 그려 봅니다. 이 꿈이 쑥쑥 자라서 세부의 그 어린 소녀에게도 꿈을 나누어 주고 싶습니다. 빨간 물고기가 힘차게 헤엄을 치는 동네를 상상해 보았습니다. 기가 막히게 한국말을 잘 하지 않아도 좋습니다. 손짓, 몸짓 섞어가면서 눈빛으로 마음을 나누면 그만이니까요. 더 이상 누군가를 부러워하지 않는 세상을 바랄 뿐입니다. 오히려 그 소녀의 미소를 부러워하는 세상을 꿈꿉니다. 행복한 소녀의 미소를.

곽은영 | 『월간문학』 수필 등단(2007년). 한국문인협회, 대표에세이문학회 회원. 수상: 동서문학상 (2012년, 동화부문). 저서: 공저 『교과서에 싣고 싶은 수필』 『골목길의 고백』 등. E-mail: kwakkwak0608@hanmail.net

쉼

쉼
넷

베짱이의 여행

김경순

무질서 한 듯 보이지만 조용한 질서가 느껴지는 저들과, 질서가 있는 듯 보이지만 사고가 끊임없이 일어나고 있는 우리나라의 무질서는 무엇으로 설명 할 수 있을까.

베짱이들이 추운 곳을 피해 여행을 왔다. 타국에서 맞는 첫날밤이라 설렘 반 기대 반으로 잠자리에 들었다. 새벽녘, 어디선가 들리는 요란한 경적음에 일찌감치 눈이 떠졌다. 26층에서 내려다본 도심의 거리는 벌써부터 분주했다. 그 모습은 자못 여름날 장마가 오기 전. 개미떼의 대 이동처럼 보였다. 한 대의 자가용은 여왕개미가 되어 주변의 일개미가 된 오토바이들에 의해 포위된 채 끌려가고 있었다.

전날 가이드는 비행기에서 내린 우리 일행들을 버스로 옮겨 타게 하고는 몇 가지 주의 사항을 일러 주었다. 그중에 하나가 우리들이 이곳 베트남에서 머무르는 동안 마주할 오토바이에 대한 일이었다. 우리가 평생에 볼 수 있는 오토바이의 수를 아마 이곳에서 볼 수 있을 것이라고 했다. 어젯밤은 이곳 시간으로 자정에 가까운 시간이라 그런지 자주 눈에 띄지는 않았다. 그런데 가이드의 말을 증명이라도 하듯 아침부터 경적소리로 보여 주고 있다. 신호도 아무런 소용이 없다. 저들에게 차선은 무의미할 뿐이다. 과연 우리는 저 속을 뚫고 제대로 다닐 수는 있을까 하는 생각을 하니 어지럽기 시작했다.

도통 속도가 나지 않는다. 무질서하게 달리는 수많은 오토바이 행렬 속에서 빠름의 대명사인 자동차는 제 역할을 하지 못하고 있다. 어차피 즐기러 온 거 구경이나 하자 생각하니 오히려 마음이 편해졌다. 오토바이를 타고 지나가는 사람들은 아슬아슬했다. 작은 스쿠터에 남편인 듯 보이는 남자가 운전을 하고 가운데는 아이 둘, 그리고 맨 뒤에는 아내인 듯 보이는 여인이 타고 간다. 얼굴은 마냥 즐겁다. 불안한 건 되레 구경하는 우리 쪽이다. 그런 오토바이들은 한두 대가 아니었다. 아직은 경제적으로 빈곤국인 이 나라의 대다수 사람들은 오토바이가 교통수단이 되고 있었다. 그러니 오토바이는 가족들에게 중요한 우리의 자가용 역할을 하는 모양이다.

우리가 여행을 하는 기간은 구정이 얼마 남지 않은 시기였다. 베트남 또한 중국의 영향으로 음력설을 지낸다고 했다. 베트남에는 새해맞이를 위해서 액운을 막아주는 나무와 재화가 들어온다는 황금색의 열매가 달린 나무, 크고 화려한 양난을 집안에 두고 손님을 맞는 풍습이 있다. 그래서인지 오토바이 행렬들 중에는 꽃나무를 싣고 가는 모습이 많이 눈에 띄었다. 개미가 제 몸의 몇 배가 되는 먹이를 물어 나르듯, 오토바이보다 두세 배는 큰 나무들을 싣고 달린다. 어떤 오토바이에는 황금색 금귤이 주렁주렁 열려 있는 나무가, 또 다른 오토바이에는 자잘한 분홍빛 꽃을 피운 복

숭아나무를 달고 달린다. 열매가 떨어지지는 않을지, 꽃이 시들지는 않을지, 저러다 사람들과 부딪혀 가지가 부러지거나 사람들이 다치지나 않을지 베짱이가 된 우리들은 차 안에서 걱정이 태산이다. 그런데 가만히 보니 저들에게도 나름의 법칙이 있어 보였다. 속도를 내지 않는다는 것이다. 그리고 경적음을 통해 자신의 존재를 알림으로써 상대방에게 주의를 주고 있었다. 그로 인해 복잡하고 소란스러운 속에서도 사고가 많이 일어나지 않는다는 사실이다.

개미들이 페로몬pheromone이라는 화학 물질을 분비해 정보를 교환하며, 심지어 감정조차 완벽하게 공유하듯이 저들 또한 서로를 믿고 의지하는 일체감이 몸에 밴 것이리라. 무질서 한 듯 보이지만 조용한 질서가 느껴지는 저들과, 질서가 있는 듯 보이지만 사고가 끊임없이 일어나고 있는 우리나라의 무질서는 무엇으로 설명 할 수 있을까. 며칠짜리 베짱이가 된 나는 속도를 내지 못하는 도로의 상황이 처음에는 못마땅했지만 이내 창밖을 향해 붙박이가 된지 오래다. 그리고 차창 밖에서 벌어지는 낯선 광경 앞에 무질서와, 질서의 경계는 과연 무엇일까 조용히 자문해본다.

김경순 | 『월간문학』등단(2008년). 한국문인협회, 음성문인협회, 대표에세이문학회 회원. 수상: 충북여성문학상, 대표에세이문학상 수상. 저서: 수필집 『달팽이 소리 지르다』, 산문집 『애인이 되었다』.
E-mail: dokjongeda@hanmail.net

생가 가는 길

허해순

선생님의 작은 오라버니가 지키고 계신 그곳에서 선생님을 추억합니다. 저 너머 질마재에서 불어오는 수만 송이 은국의 진한 향을 맡으며 미당 문학관을 거닙니다.

내 나이 열세 살에 선생님은 넷째이자 외동아드님을 낳으셨죠. 아기는 점심시간에 학교에서 모유수유를 했고요. 동물의 왕은 타이거가 아니고 라이언이라면서 아기가 사자의 품성을 닮았다고 미소 지으며 한껏 자랑스러워 하셨어요. 네 아이의 엄마임에도 프릴과 러플의상을 즐겨 입었고 소녀처럼 표정 지으며 사뿐사뿐 걸으셨죠. 수업시간 말미에는 언제나 문학작품 줄거리를 연속극처럼 매시간 이어서 조금씩 들려주었는데 수업을 마치라는 종소리가 그렇게 야속할 수 없었답니다. 「로미오와 줄리엣」, 「베니스의 상인」, 「햄릿」, 「리어왕」 등 세익스피어 작품과 톨스토이의 「부활」, 「전쟁과 평화」 그리고 「제인 에어」와 「폭풍의 언덕」 같은 작품들을 모노드라마 형식으로 해주시는 선생님에게 푹 빠져서 학교에 가야만 하는 이유가 되었죠. 심지어는 바람과 함께 사라지다와 같은 세기의 영화가 선생님이 연기한 스칼렛 오하라 역에는 못 미치는 것 같았으니까요. 영화 속의 주인공들도 최고의 연기를 펼쳐주었지만 무한상상력을 품게 하는, 매시간 감질나게 조금씩 들려주며 표현하는 얼굴표정과 말투와 손짓과 걸음걸음….

평화봉사단 원어민 교사가 가르치는 영어회화 반에 누구나 들어가길 열망해서 경쟁이 치열했고, 키가 크고 눈이 파란 금발의 백인 선생님은 미지의 세계에 대한 동경과 난생처음 외국어를 배우는 우리에게 호기심의 대상이었어요. 그렇게 어렵게 영어회화 반에 들어갔는데도 문학에 매혹당한 나는 이미 그쪽에 혼이 빠져서 선배들의 시낭송이 울려 퍼지는 문학반으로 향하게 되었어요. 성우인 이창환, 정은숙이 녹음한 시낭송을 카세트테이프로 듣노라면 영혼에 모르핀이 스며들어 그 향기에 취해서 점점 중독되어갔습니다. 「모란이 피기까지는」, 「국화 옆에서」, 「나는 왕이로소이다」, 「빼앗긴 들에도 봄은 오는가」, 「남으로 창을 내겠소」, 「초혼」…. 내 영혼을 물들인 시 「초혼」. 수업시간에는 그렇게 모노드라마를 하시던 선생님이 문학반에서는 아무 말씀이 없이 시만 들려주고 노트에 뭐라도 쓰라고 하셨어요.

밤이면 창문 너머 자목련과 단감나무 사이 달을 향하고, 초여름 밤 마루에 앉아 별빛 받아 함초롬한 모란과 작약꽃봉오리, 기다림을 생각하며 끊임없이 끄적이고…. 아마도 책 속에 저를 가두게 되는 시원이 이 시기가 아닐까 싶네요. 그때부터 가리지 않고 뭐든 읽기 시작했으니까요. 때맞춤으로 외삼촌은 내방에 자신의 책들을 쌓아주었으니 방학 동안 꿈쩍 않고 방안에 틀어박혀 읽고 또 읽고 그러다 날 새고 읽고, 아버지가 강제로 소등하면 이불 속에서 기다렸다 조용해지면 일어나 다시 읽고…. 내 소원은 스탠드 하나 장만하는 것이었고 엄마를 졸라 기어코 사고 말았죠. 고맙게도 엄마는 책 읽는 나에게 어떤 심부름도 시키지 않았고요. 선생님은 저에게 소설도 쓰게 했고 시화전에 제 작품도 걸어주셨어요. '송편'이라는 제목이었고 시집간 딸과 친정엄마가 송편을 빚으며 서로를 그리워한다는 내용이었죠. 고심 끝에 우리 집 근처 극장에서 영화 간판을 그리는 화공에게 부탁해서 그림과 글씨를 쓰게 했는데, 진한 청록색 바탕에 흰색 글씨와 배경그림이 포스터 느낌으로 시화전 분위기에 엇나가서 마음을 많이 썼던 추억이 아련하네요. 소설 제목이 '쫑'이라고 서구 쓰레기통에서 주워온 것 같다 하셨으나 선생님은 반마다 수업하실 때 제 작품 소개와 칭찬을 하셨다고요.

선생님, 서정희 선생님…. 저는 매년 선생님의 생가를 순례합니다. 생가 가는 길, 청보리 밭 종달이 노래를 달고 선운사 동백꽃 향을 묻혀가기도 하고 모양성 성곽 길을 내려와 동리 신재효 판소리 다섯마당 중 춘향을 구하고 사랑의 승리를 거두는 이몽룡의 춘향가와 절 가득 핀 상사화의 애통한 운명을 생각하며, 백양사 계곡물에 마냥 흐르는 단풍잎을 담아서 선생님의 작은 오라버니가 지키고 계신 그곳에서 선생님을 추억합니다.

저 너머 질마재에서 불어오는 수만 송이 은국의 진한 향을 맡으며 미당 문학관을 거닙니다. 선생님의 큰 오라버니인 미당은 선생님이 아기일 때 원하는 선물을 물었다지요. 그때 언니는 "고구마!"라고 해서 웃었다는데 선생님은 "별!"이라 하셨다지요. 선생님, 그때 따다 주신 그 별은 어디에 매달아 놓으셨나요. 눈 내리는 바닷가 등대인가요, 혹 외딴섬 솔숲인가요. 고인돌 유적지 돌고 돌아서 염전의 뜨거운 햇살 아래 짠 기를 모아 성성한 몸뚱이 머리부터 꼬리까지 푹 곰삭일 수 있었던 그 시간을 찬양합니다. 인생이란 결국 영혼의 숙성과정이었다는 것을 영겁의 시간 속에서 깨닫습니다. 솔방울 우두둑 떨어지는 고인돌 돌무덤에 어슴푸레 땅거미가 지기 시작했습니다. 생가 너머 꽃노을이 펼쳐집니다. 함박눈이 펑펑 바닷가에 내릴 때면 백합죽 한 그릇으로 몸을 데우고 저는 또 별을 찾아 나설 겁니다. 하늘과 땅 사이가 아무리 멀다고 해도 사뿐사뿐 선생님이 매어 단 별을 향해 나아갈 거예요.

허해순 | 『월간문학』 수필 등단(2009년). 전북대 사범대 졸업, 한국문인협회, 대표에세이문학회, 송파문학회, 미래수필문학회 회원. 수상: 전국 소월백일장(수필). 저서: 공저 『마흔다섯 개의 느낌표』 『담장을 허무는 사람들』등. E-mail: nobleher@hanmail.net

바람의 도시

허문정

또 떠나고 싶다. 내 몸에 유랑민의 피가 흐르는가. 늘 보던 물도 바람도 새롭고 낯선 것들을 만나는 일은 긴장되지만 신선하다.

하늘을 찌르는 듯 높이 솟은 마천루들이 강가로 즐비한 모습은 크루즈 투어를 하는 내내 탄성을 자아내게 했다. 334m 높이, 존 행콕 타워를 위시해 보는 방향에 따라 변하는 건물의 색상, 빛을 반사시키는 유리창, 호기심을 자극하던 옥수수 모양의 주차장…. 그 많은 현대건축물들이 어느 하나 닮은 게 없다. 도시의 3분의 2가 불타버린 과거의 참상을 극복하고 이렇듯 눈부시게 재건할 수 있다니 인간이란 얼마나 위대한 존재인가. 현재의 모습은 화재로 상처받은 시민들의 마음을 치유하고도 남을 듯했다. 역시 시카고는 일리노이주 최대 도시다웠다. 영어를 잘 알아듣지는 못하지만 열정적으로 설명하는 빨간 스웨터를 입은 할머니 해설사를 보며 그들의 저력을 짐작할 수 있었다.

그런가 하면 100년 전 고가철도가 건물과 건물 사이를 아슬아슬하게 지난다. 기차를 타 보았는데 벽에 부딪칠까봐 가슴이 조마조마 했다. 낡은 군용열차 같다는 느낌을 받았는데 속도는 느렸지만 색다른 볼거리고 재미였다. 시민들과 소음문제로 마찰이 있을 법도 한데 잘 운행되고 있는 걸 보면 그런 일은 일어나지 않는 모양이다.

피카소의 조각품이 서 있는 광장, 바다로 착각했던 미시건 호, 차를 마신 존 행콕 타워, 클라우드 게이트(강낭콩이란 뜻)에 비치는 나를 스마트 폰에 담고, 시민 1,000여 명의 얼굴이 나오는 폭포 전광판을 구경하던 밀레니엄 파크, 두께가 엄청 난 딥 디쉬 피자, 퍼플 피그라는 식당에서 돼지고기 요리를 먹으려고 덩치 큰 사람들 틈에 끼어 줄을 서서 대기하던 시간. 이 모든 생소한 풍경이 나를 어린애로 만들기에 충분했다. 남길 수밖에 없었던 콜라와 커피, 그리고 맛난 음식들. 어느 음식점을 가든 양이 많아 배고플 일이 없었다.

입소문 따라 존 행콕 타워 96층에 올라가 차를 마시고 여자화장실 앞에서 사진도 찍었다. 화장실이 타원형 건물 가장자리에 있는 터라 창가에 바짝 앉아서 찍으면 마치 허공에 뜬 모습이다. 다른 관광객들도 이 기이한 장면을 연출하려고 사진을 찍느라 북새통을 이뤘다. 화장실 앞에서 사진을 찍는 이 진풍경은 앞으로도 계속될 듯싶은데 인종만 다를 뿐 사람의 마음은 다 같아 보였다. 호수가 내려다보이는 전망이 아찔했지만 이 순간만큼은 나보다 높이 있는 사람이 몇 없다고 생각하니 웃음이 나왔다. 외관만 본 크루즈 투어와는 달리 사람 사는 모습이 보였다. 날이 어두워지자 시카고의 야경은 그야말로 불빛잔치였다.

우연히 미술관에 갔다가 관람 티켓을 한 장 얻고, 예약하지 않아도 음악회 티켓 구입하는 방법을 알려준 한국인 청년도 만났다. 덕분에 각국의 수준 높은 미술작품을 관람할 수 있었고, 원통형으로 된 거대한 음악 홀에서 시카고 심포니 오케스트라의 연주를 들을 수 있었다. 차이콥스키, 드뷔시, 베를리오즈를 감상했는데 그야말로 황홀지경, 중세 유럽의 귀족이 된 기분이었다. 놀라웠던 점은 음악 연주회 때도 마찬가지였지만 미술관에서 신작을 소개하며 조명을 끄고 작품만 클로즈업하는데 그 많은 관람객들의 숨소리 하나 들리지 않았다.

그리고 사람이 사람한테 반한다는 것은 얼마나 멋진 일인가. 미술관 티켓을 주고 음악회 일정도 알려준 청년이 마음에 들어 내심 과년한 딸과 가까워지길 바라며 전화번호를 받았는데, 그의 카톡에 결혼사진이 올라 있어 아쉽기만 했다. 아름다운 흑심이었다고 해야 하나. 내비게이션이 말썽을 일으켜 길가에 차를 세우고 있을 때 무슨 문제가 생겼느냐며 물어주던 아저씨, 지도를 프린트해다 주던 아저씨, 쪼그리고 앉은 나를 보고 어떻게 그런 자세가 가능하냐며 놀라워하던 여인. 내가 만난 사람들은 모두 친절하고 중후해서 그들의 매력에 빠지지 않을 수 없었다. 땡큐, 아이 엠 쏘리, 익스 큐스 미…. 세 살배기 영어로도 충분히 행복한 시카고 여행이었다.

천지사방에 못 알아듣는 말과 영문 간판뿐이어서 순간적으로 이민자들의 애환이 느껴져 코가 시큰거리기도 했지만, 또 떠나고 싶다. 내 몸에 유랑민의 피가 흐르는가. 늘 보던 물도 바람도 새롭고 낯선 것들을 만나는 일은 긴장되지만 신선하다. 넉넉해지는 가슴, 생을 향한 자신감, 영혼의 포만감을 느꼈다. 머무는 동안은 바람이 불지 않아 시카고가 바람의 도시임을 실감하지 못했지만 가슴에는 세찬 소용돌이가 일었다.

불 꺼진 사랑도 재건할 수 있을 것 같은 시카고. 가족이란 보이지 않는 사슬을 날고 다니느라 완전한 생의 일요일은 아니었지만, 세끼 밥 하지 않고 물만 튕기면서 보낸 사흘간이 내 생의 커다란 축복이었다. 시카고가 내게 준.

허문정 | 『월간문학』 수필 등단(2009년). 한국문인협회, 광주문인협회, 대표에세이문학회, 무등수필문학회 회원. 저서: 공저 『골목길의 고백』 『마흔다섯 개의 느낌표』 외 다수. E-mail: shin_saimdang@hanmail.net

별 내리는 마을

김신신

밤마다 오롯이 혼자가 되어버렸던 그 한 달 동안, 내 삶의 기초를 이루는 마음의 무늬들이 비밀스러운 바탕을 깔고 촘촘히 익어갔다.

내가 처음 여행을 한 것은 열다섯 살로 중학교 2학년 겨울방학 때다. 늘 상 시골생활을 궁금해하는 서울뜨기 막내처제가 안 돼 보였던지 어느 날 형부가 연말 고향방문길에 동행을 제안했다. 도착한 곳은 전남 무안군 무안읍에서 30여 분이나 버스로 들어간 산간벽촌. 차에서 내려서도 울퉁불퉁한 산길을 줄곧 걸어 들어가야 했다. 마을이라야 산자락 아래 띄엄띄엄 보이는 몇 채의 집들뿐이어서 한없이 적막했다. 해 질 녘에 미루나무가 줄지어 늘어선 어느 들판에 이르러 '저 집'이라고 가리킨 곳은 탁 트인 분지에 일자로 들어선 남향받이로 둘째 형님댁이었다. 이 댁 따님이 서울로 유학하여 형부 집에서 고등학교를 다니고 있었다. 먼 초행길이 고단한 탓에 저녁은 드는 둥 마는 둥 하고 내외분이 마련해 주신 옆방에 들어 죽은 듯이 잠에 취했다.

몇 시나 되었을까. 문득 눈을 뜨니 천지사방이 고요 속에 잠겼다. 캄캄한 어둠과 나를 둘러싼 낯설음이 한순간에 잠을 달아나게 만들었다. 그때부터 잠이 쉽게 들것 같지 않았다. 이리저리 몸을 뒤척여 봐도 왠지 모를 불편이 존재하는 듯했다. 생전 처음 어딘가에 외따로 내던져진 이상한 기분이었다. 울타리를 벗어난다는 것은 호기심 안에 두려움을 가둬 두는 일이 아닌가 하는 생각이 들었다. 하루가 지나기도 전에 불쑥 성장해 버린 듯 우쭐한 마음이었다. 가만히 일어나 방문을 열고 나와 툇마루에 섰을 때였다.

먹물 같은 밤하늘에 한창 피어나기 시작한 메밀꽃밭. 무수한 별꽃들이 쏟아질 듯 찬란했다. 별들의 무리가 한꺼번에 폭풍우에 쓸려오다 눈앞에서 멈추기라도 한 모양이었다. 작디작은 보석처럼 하나하나가 총총히 빛을 발했다. 아득하게 펼쳐진 은하의 물결이 깊고 신비롭게 겨울 밤하늘을 가로질러 흘러갔다. 폐부를 찌르는 한겨울 새벽공기와 가슴이 확 트이는 시원함, 서울에서 멀리 벗어나 있다는 해방감이 밀물처럼 밀려들었다. 칠흑 같은 어둠 속에 서 있는 나무들의 시커먼 형체는 하늘을 지키는 파수꾼인 듯 고독했다. 점차 주위 것들이 눈에 들어오기 시작하자 한기가 몰려왔다.

한밤중에 이 무슨 청승인가. 방안에서 이불을 끌고 나와 몸을 둘둘 만 채 석상처럼 자리를 잡고 앉았다. 이유를 알 수 없는 어떤 차분함이 서서히 스며들었다. 인공적인 불빛이라곤 찾아볼 길 없는 산간마을에서 고요히 빛나는 별들의 맑고 깨끗함. 반짝이는 저 속에 뭔가 심오한 것들이 나를 끌어들이고 있었다. 하늘을 유영하는 손톱만 한 별이 되고 싶은 열망이 솟구쳤다. 별들의 속삭임을 하나하나 찾아다니며 밤새껏 귀 기울이고 싶었다. 한창 들끓기 시작한 사춘기의 잡다한 감정 따윈 시시하게 느껴질 뿐이었다. 침묵에 휩싸인 밤하늘의 질서와 끝없이 눈을 마주치는 것은 장대한 자연의 신비를 경험하는 일이었다.

이틀 지나 형부는 나만 홀로 남겨두고 서울로 올라갔다. 딸이 그리운 안사돈은 여간 곰살맞은 게 아니어서 노상 눈웃음을 달고 살았다. 이제 갓 스무 살이 된 사돈총각은 가끔 어미 소와 송아지를 몰고 들판으로 나갔다. 어미 소를 따라 유유히 걷고 있는 튼실한 송아지의 뒤태를 보면 젊은 여인네의 둔부 같은 싱싱한 탄력감이 메마른 겨울 들판 위에 생명력을 불어넣곤 했다.

심심하지만 무료하지 않은 날들이 천천히 흘러갔다. 그런 중에도 한밤중이 오기만을 은근히 기다렸다. 방마다 불이 꺼지고 다들 잠들었다 싶으면 방문을 활짝 열어 놓고 이불에 몸을 감싼 채 오래도록 밤하늘을 올려다보았다. 들판 가득 검은 산맥과 나무들의 모습만 우련한데 소리 없이 몰려와 매복한 저격병들의 눈빛 마냥 빼곡하게 빛나는 별들. 마치 적병들과 은밀한 내통을 즐기는 첩자라도 되는 양 유심히 지켜보는 일은 숨 막히게 아름다웠다. 은폐된 참호 속에 웅크린 용의주도한 척후병처럼 밤하늘의 감시자가 되어 두 눈을 고정시켰다. 별들의 바다에서 울려 퍼지는 장엄하고 웅혼한 음표들의 행렬이 고요한 떨림으로 다가와 닫혔던 층층의 의식들을 환하게 열어젖혔다. 대자연의 세계에 끝없이 침잠해 보는 일은 내 자신의 미미함과 바깥세상을 향한 눈뜸을 의미했다. 도시적인 것들이 뿜어내는 반짝임은 얼마나 허술하기 짝이 없는 것인가.

생각의 촉매들이 앞장서서 걸어가는 오지 한가운데서 순순한 마음의 평화를 맛보는 한가함은 말할 수 없이 편안했다. 친근하고 거대한 자연 앞에 지성을 품는 일은 절제를 알아가는 풍요로운 소득이었다. 밤마다 오롯이 혼자가 되어버렸던 그 1월 한 달 동안, 내 삶의 기초를 이루는 마음의 무늬들이 비밀스러운 바탕을 깔고 촘촘히 익어갔다. 문풍지를 울리는 스산한 겨울바람과 금방이라도 쏟아져 내릴 듯 차고 시원한 별들. 열다섯 살 소녀의 가슴 속을 채우던 무언의 대화들은 알 수 없는 메아리가 되어 한겨울 밤하늘의 별들 사이로 날아올랐다.

김진진 | 『월간문학』 수필 등단(2011년). 한국문인협회, 대표에세이문학회 회원, 관악문화원 문학아카데미 회장 역임. Animation BG Professional, 승보컨설팅 대표. 저서: 수필집 공저 『마흔 다섯 개의 느낌표』 『대표에세이 30주년 기념선집』 등, 장편소설 『오래된 기억』. E-mail: wf0408@hanmail.net

마라도

원수연

바다는 섬사람들에게 삶의 터전이다. 조용히 엎드리고 낮아지며 삶의 지혜를 끌어 올리는 섬사람들은 바다에서 살아가는 법을 터득한다.

비릿한 항구는 외로웠던 탓일까. 타지에서 온 손님을 반기는 눈치다. 제주도라는 큰 섬에서 작은 섬 마라도를 가기위해 항구에 도착했다. 마라도 가는 유람선의 출발시각의 짬을 이용해 악어 모양을 닮았다는 송악산에 올라 잰걸음으로 억새 숲을 가르며 바다를 본다. 송악산에서 바라본 제주도는 우뚝 선 산방산과 한라산이 멀리 안개와 운무 사이로 모습을 드러낸다. 카메라 렌즈 속으로 들어오는 제주도 남쪽 해안은 아름다운 모항의 모습이다. 하늘과 맞닿은 잉크 빛 바다는 실크스카프 자락처럼 바람에 날리며 무수한 이랑을 만들어 낸다.

송악산항구에서 여행객을 실은 유람선이 바다 몸 위에 하얀 선을 그으며 마라도로 향했다. 몸과 몸을 섞어 내뱉는 파도소리는 육지를 향한 그리움인양 해안 쪽으로 긴 숨을 내쉰다. 송악산항구에서 여행객을 실은 유람선은 바다를 가르나 싶더니, 높아진 파고에 거친 숨을 몰아쉰다. 거세진 파도는 참지 못하고 여행객들이 앉아있는 선상까지 무례하게 물세례까지 준다. 태평양을 건너온 거친 파도가 쉼 없이 달려들었을 마라도 해식동굴과 첫인사를 나눴다. 바다에 떠 한가하게 쉬고 있던 섬이 유람선이 쏟아낸 여행객들로 인해 꿈틀거린다. 억새로 숲을 이룬 마라도는 여행객들의 형형색색 옷차림이 단풍잎이 되어 날리는 듯하다.

마라도의 가을은 억새 숲으로 출렁인다. 누렁소 등을 닮은 마당이 펼쳐져 있다. 제주도 구좌읍에 있는 비자림에서 수백 년 된 은밀한 녹음궁전을 만났다면, 마라도는 농익은 억새가 허리를 휘감고 있다. 비자림에서 비밀스럽게 들려오던 소리가 마라도에서 들려오는 파도 소리라는 것을 마라도에 와서 느꼈다. 억새는 여름날 푸름 속에서 태풍으로 상처 난 몸을 저희끼리 위무하는지 서걱거리며 파도소리로 토해 내고 있다. 돌격대처럼 불어오는 바람에도 끄덕 않고 앉은뱅이로 자란 들국화가 앙증맞은 꽃을 피우고 여행객을 맞는다. 각자 다른 사연의 닻을 내리고 삶의 뿌리를 국토 최남단이라는 섬에 심고 사는 어민들과의 닮은꼴이지 싶다.

삶을 위해 바다에 나가 바다를 낚아내야 살 수 있는 작은 섬, 마라도에 사는 주민의 삶을 생각하다 보니 시가 가슴 언저리에 머뭇거린다. '그 섬에단 그렇지/ 백일홍 꽃나무 하나 심어서/ 먹기와의 빈 절간을…// 그러고는 그 섬들을 모조리/ 바닷속으로 가라앉힌다./ 만 길 바닷속으로 가라앉히곤/ 다시 끌어 올려 백일홍이나 한번 피우고/ 또다시 바닷속으로 가라앉힌다.'* 백일홍 꽃나무와 먹기와의 절간이 마라도에 사는 사람들의 마음속에 있지는 않을까. 꽃이 피었다 이지러지는 모습이 바다를 낚아내며 사는 어민들의 삶과 해녀들의 물질로 상통하는 통증으로 온다.

제주의 여성들은 밭에서 김을 매지 않으면 바다에서 물질해야 하는 운명을 스스로 받아들이고 살아야만 한다. 어린 나이부터 물질하는 연습을 해 15~16세가 되면 바닷속에서 조업을 시작해 비로소 잠녀, 즉 해녀로 평생을 산다. 그 섬에 백일홍 심어 만길 바닷속으로 가라앉히고 다시 끌어올려 백일홍이나 한번 피워야 하는 고달픔이 시인의 마음에까지 닿아나 보다. 마라도에 둥지를 틀어야만 했던 어민들과 해녀들의 심중에 있는 노래 같아 마라도가 절간 같아 보이기도 했다. 설핏 백일홍으로 뒤 덮인 마라도가 보였다.

절간 같이 보이는 그 섬의 밑바닥에는 삶을 담담히 받아드리며 꽃을 피워내는 이들이 있다는 것을 안다. 바다는 섬사람들에게 삶의 터전이다. 조용히 엎드리고 낮아지며 삶의 지혜를 끌어 올리는 섬사람들은 바다에서 살아가는 법을 터득한다.

마라도 끝 언저리에는 해녀들이 물질해 올린 해산물을 펼쳐 놓고 팔고 있다. 해녀들이 사투하듯 건져 올린 해산물을 흥정하는 모습을 물끄러미 바라보다 옛 여인네들의 삶을 뒤돌아본다. 육지나 바다나 예전 여인들의

---

*서정주 시인의 「뻐꾸기는 섬을 만들고」 중

삶은 닮은꼴이지 싶다. 많은 세월의 물질에서 뼈가 부서지는 병까지 얻게 된다는 잠녀들의 생활이나, 우리네 어머니들이 삶의 물꼬를 트기 위해 젖은 빨래처럼 살았던 생활과 무엇이 다를까. 마라도 한복판에 서서 옛 여인들의 숭고한 삶을 생각해 본다.

해녀들이 숨을 참고 수심 깊은 곳까지 다다라 골갱이로 해산물을 채취하고 올라와 가쁘게 내뱉는 소리, 길고 강한 휘파람 소리 같은 숨비소리가 마라도 끝에서 들리는 듯하다. 파도소리가 어부들이 바다를 낚아내는 소리가 되어 유람선을 넘나들기도 하는 것 같다. 마라도는 해조음과 해녀들의 숨비소리와 억새의 서걱거리는 소리를 품고 바다를 낚는 어민들과 하나 되어 이어 나갈 것이다. 유람선을 타고 마라도를 뒤돌아 오는 바닷길은 백일홍이 피어 출렁인다. 꽃이 뒤 덮인 바다는 오래오래 손짓하며 배웅한다. 어머니 같은 또 다른 섬 제주도의 몸이 아스라이 보이며 마라도 여정은 끝나가고 있었다.

원수연 | 『월간문학』등단 (2012년). 한국문인협회, 대표에세이문학회 회원. 수상: 부천신인문학상, 동서문학상 입상, 대표에세이 문학상. 저서: 수필집 『그 섬에 사는 사람들』. E-mail: wsy931@hanmail.net

삶도 여행처럼

전영구

가벼운 마음가짐은 여행의 필수 조건이다. 젊은 피가 넘쳐흐를 때와 성숙한 삶을 영위한 다음의 여행은 격이 다르다.

열린 차창을 통해 기분 좋은 바람이 얼굴을 스친다. 중년이라는 삶의 무게를 태운 차량은 뚫린 길을 막힘없이 달린다. 차창 밖으로 평소 그려왔던 풍경이 지나갈 때마다 마음속에서 터지는 환호는 무엇에 비교할 수 없는 환희를 준다. 쳇바퀴 돌듯하던 삶의 둘레를 빠져나와 미지의 세계로 이동을 하는 이 시간이 주는 벅찬 행복과 간간히 밀려오는 두려움은 과한 설렘이 낳은 작은 울렁증이라 표현해도 무방할 것이다. 무덤덤하게 안주하던 곳을 떠나 새로움을 찾아 간다는 것은 많은 의미를 부여한다. 대부분의 사람들이 느끼겠지만 여행은 무엇과도 바꿀 수 없는 많은 즐거움과 깨달음을 선물로 주기 때문이다. 한 자리에서 행해지던 삶의 모든 일상을 접고 전혀 새로운 환경으로의 패턴전환은 철저한 준비를 요구한다. 전혀 생소한 곳에 나를 맡겨야하는 일은 늘 같은 곳에서 생활을 하던 사람에게는 그리 쉬운 일이 아니기 때문이다.

가벼운 마음가짐은 여행의 필수 조건이다. 가지고 있던 근심걱정을 떨치고 나서야 비로소 여행은 근사한 행복을 돌려주기에 더더욱 마음은 가벼울수록 좋다. 모니터 앞에 앉아 부지런히 클릭한 계획서를 들고 나선 길은 왠지 넉넉하게 채운 여행경비와도 같은 든든함을 준다. 젊은 피가 넘쳐흐를 때와 성숙한 삶을 영위한 다음의 여행은 격이 다르다. 모험도 불사할 정도의 의욕과다로 시작한 젊은 날의 여행은 미미한 후유증을 낳기도 한다. 오늘 아니면 내일이 있다는 호기로 다소 무리한 일정을 소화한다든지, 원치 않은 유혹에 빠져 시간과 돈을 낭비한다든지 하는 오류를 저지를 때도 있었다. 그러나 비록 후회가 남을지라도 젊은 날의 여행은 추억이라는 저장고에 넣어 둘 수 있는 생각의 여유분이 있어 나름 매력적이긴 하다. 하지만 중년의 여정을 보내고 있는 지금의 여행은 금전적인 면이나 시간에서 안정감을 주기에 계획한 대로 여정을 소화할 수 있는 강점이 있다. 물론 미지의 장소에 들어서는 두려움은 더 하겠지만 말이다.

목적지에 도착을 하면 먼저 안도의 숨을 내쉰다. 하지만 지금부터가 인생 여행의 시작이기에 긴장의 끈을 놓을 수가 없다. 당장의 먹을 것과 잠자리 등, 채비를 서둘러야 편안한 다음 날이 보장되기 때문이다. 적당히 요리를 해도 맛이 있고 몸이 조금 불편해도 잠에 들 수 있는 건 시간이 가져다준 적응력 때문일 것이다. 별빛 보이는 하늘밑에 누워 하루를 뒤돌아보고 또 내일을 구상하는 여유는 여행의 참맛이지만 여기에 더한다면 주위의 여행자들과의 교류 또한 빼놓을 수 없는 재미이다. 저마다 가진 생각을 공유하며 나누는 대화는 자신을 가둬두고 사는 우물 안 생활에 익숙한 자신을 돌아보게 하는 여행이 주는 보너스일 것이다.

해외든 국내 여행지든 젊은이들과의 만남은 엄청난 에너지를 준다. 여행지에서 만나는 젊은 친구들을 볼 때마다 부러움이 생긴다. 여행이라는 사치를 엄두도 낼 수 없었던 나의 청춘이 비교되는 서글픔이 있지만 그들과 동화되어 즐기고 있노라면 나이도 시간도 곧잘 잊어버리기 때문에 다시 충전된다는 느낌이 든다. 같이 나누는 술이며, 인생 얘기까지 무엇 하나 버릴 수 없는 추억의 노트 속에 칸칸히 쌓이게 되는 자산이기도 하다. 콘크리트 밖에는 볼 수 없었던 도시에서 탈출해 반짝이는 하늘을 본다는 경이로움도 여행이 주는 또 하나의 보너스다. 어린 시절로 돌아가 별을 헤이며 잠에 드는 호사로움은 4성 호텔 못지않은 행복감을 주기에 충분하다. 지는 해를 보내고 뜨는 해를 맞이하는 소소한 일상도 모르고 지낸 삶이 왠지 서글픈 느낌을 온몸에 적셔준다.

여행에서 돌아 올 때마다 만족감을 얻는다면 여행은 인생고통에 더할 나위 없는 진통제가 되지만 가끔은 아쉬움을 안고 돌아서야 다음을 기약하는 기대감을 갖게 된다. 떠날 때 설렘이 일정 내내 이어지다가 집으로 돌아올 때까지 남아있다면 성공한 여행일 것이다. 피곤과 짜증에 지쳐 현관문을 연다면 아니 간만 못한 여행으로 기억 속에 영원히 남기 때문이다.

여행은 우리네 삶과 같다. 가는 길은 매 한가지인데 마음가짐이 다른 여정일 뿐이다. 그 안에 내가 있고 나만이 조절할 수 있는 만족의 퍼센트(%)를 가름하면 사는 법이 다를 뿐이다. 다만 삶이 결과에 책임을 동반하는 무겁기 만한 여정이라면 여행은 그야말로 그 모든 무게를 훌훌 털어버리는 극과 극의 결과물을 얻기 때문에 아마도 가끔은 삶속에 여행이라는 비타민을 끼워 넣고 살아가는 것 같다. 살다보면, 여행을 하다보면, 자신에게 없던 연민까지 생겨 스스로를 보듬고 아끼는 마음이 생기게 된다. 여행은 곧 삶이기에 더욱 더 애착을 지니고 실행하는 여정이다. 삶을 든든하게 받쳐주는 든든한 곁가지처럼 표시 없이 곁에 존재하며 틈틈이 활력을 불어넣어 주는 무한활력의 저장고이기 때문이다.

전영구 | 『월간문학』 수필 등단(2013년), 『문학시대』시 등단, 한국문인협회 권익옹호위원, 국제펜한국본부, 한국수필가협회, 가톨릭문인회, 경기시인협회 회원, 계간 문파 기획실장. 수상: 문파문학상, 동남문학상. 저서: 수필집 『뒤 돌아보면』, 시집 『애작』외 3권. E-mail: time99223@hanmail.net

소금마을 아이들

김기자

라오스에는 바다가 없다. 신기한 것은 땅속에서 끌어올린 물에 소금이 녹아 있다는 사실이다. 이렇게 소금마을은 관광지가 되어 이방인들의 발걸음을 불러들이고 있었다.

말은 통하지 않는다. 다만 눈빛으로 서로의 마음을 주고받을 뿐이다. 까만 눈동자 때문일까. 아니면 너무도 솔직하게 내미는 작은 손들이 귀여워서 일까. 나보다 조금 더 가무스름한 피부를 보며 왠지 모르게 어린 시절이 오버랩 되어 온다. 라오스의 소금마을 아이들을 앞에 두고 섰다.

가이드가 당부를 한다. 안녕하세요, 라는 인사를 건네 와도 신경 쓰지 말라는 거였다. 돈이나 먹을 것을 주지 않아도 된다는 거였다. 차에서 내리자마자 우르르 몰려들어서는 에워싸듯 다가오는데 피할 만큼 거부감이 생기지 않았다. 낯선 방문자들을 반기는 거라 생각하니 차마 그냥 지나치기가 어려운 상황이 되었다. 이럴 줄 알았더라면 작은 선물이라도 사올 걸 그랬나 싶었다.

가방을 들춰 보았다. 마침 약간의 과자들이 들어 있었다. 몰려든 아이들의 숫자는 많고 과자는 턱없이 부족했지만 그래도 조금씩 나눠주기로 했다. 야단이 벌어졌다. 서로 내미는 손들이 내 턱밑까지 다다른다. 함께 간 일행들도 나와 같은 일들을 겪은 후에야 아이들에게서 벗어 날 수 있었다.

라오스에는 바다가 없다. 콕싸잇에 위치한 소금마을은 라오스의 수도, 비엔티안에서 한 시간 거리에 있다. 신기한 것은 땅속에서 끌어올린 물에 소금이 녹아 있다는 사실이다. 소금의 생산과정은 그 물을 가마에 부어 끓이는 방법인데 약 스무 시간을 거쳐야만 수분이 증발되어 소금으로 완성된다고 한다. 맛을 보니 열악한 작업환경에 비해 의외로 순도가 높고 품질이 좋았다. 생산량이 많지 않아 자국에서 거의 소비를 해내는 편이라고 가이드가 설명을 덧붙이고 있다. 다른 한쪽에서는 자연건조의 염전이 눈에 들어왔다. 그곳에서 소금이 생산되는 과정은 사나흘 정도 걸린다고 하는데 바닷가에 위치한 우리나라 염전과는 이채로운 면이 많았다. 이렇게 소금마을은 관광지가 되어 이방인들의 발걸음을 불러들이고 있었다.

아이들은 종일토록 그곳을 배회하며 노는 듯했다. 관광객들이 오면 어디서 그렇게 쏜살같이 달려와서는 무엇을 달라고 하는지 의아스러웠다. 그런데 소금가마의 열기와 남루 속에서 자라나는 아이들 치고는 눈빛이 맑고 깨끗하게만 느껴졌다. 관광객들을 쫓는 아이들에게서 색다른 미래를 내다보았다고나 할까. 순간 오래전 우리의 모습이 떠올랐다. 전후세대인 내 자신도 그 아이들만큼 작았을 때는 이방인이 보기에 틀림없이 남루해 보였으리라 짐작한다.

오늘의 대한민국은 눈부신 경제발전을 이룩해 왔다. 대한민국 아이들의 현실은 제각기 학원이며 오락게임이며 배울 것과 즐길 것들이 얼마나 많은가 말이다. 지금 저 아이들은 우리나라 아이들과 비교해 볼 때 달라도 너무 다르다. 물론 한쪽 면만 보고 난 후의 섣부른 판단은 절대 아니다.

대한민국의 국력을 실감한다. 으쓱하다. 전쟁을 겪은 민족이지만 경제가 발전하고 국력이 부강해진 극명한 사실 앞에 살아가고 있다는 사실이 참으로 자랑스럽다. 이 얼마나 좋은 환경에 이르러 있단 말인가. 그러나 그들의 환경과 삶이 늦었다는 생각은 전혀 들지 않는다. 지구 한 쪽 마을에서 이어지는 여전한 생의 가치가 엄숙하게 가슴을 파고들기 때문이다. 어쩌면 그들이 신성시하는 소금의 기운을 그대로 지니며 사는 듯했다. 그만큼 순수했고 때 묻지 않은 모습이었다.

소금마을 아이들에게서 밝은 내일을 읽어야 했다. 이제 그곳은 새로운 바람이 바쁘게 불어오고 있는 중이다. 돌아오면서 그 아이들은 나라의 기둥이며 반드시 소금과 같이 귀한 존재라는 생각을 하게 되었다. 오늘의 우리처럼 부강한 나라를 이룩해갈 수 있는 새싹들로 보였다. 비록 지금은 관광객을 기다리는 소일로 놀거리를 삼고 있지만 훗날 라오스를 이끌어갈 훌륭한 인물들이라는 확신을 갖는다.

김기자 | 『월간문학』수필 등단 (2013년). 한국문인협회, 충주문인협회, 대표에세이문학회 회원. 저서: 수필집 공저 『골목길의 고백』,『대표에세이 선집 30주년 기념』외 다수. E-mail:kkj8856@hanmail.net

그때가 생의 절정이었다

김영곤

'또 다른 나'의 발견이었다. 괌에 도착해 있는 내내 '그 남자'는 물의 맑은 품속을 유영하며 온몸에 감도는 전율을 주체하지 못했다. 나는 점점 그 남자에 동화되고 있었다.

우린 얼마나 많은 여행을 떠나는가. 그 감동의 찰나를 놓치기 아까워서 또 얼마나 찰칵 속에 담아대는가. 점점 불어나고 저장되던 낯설고도 짜릿한 희열들, 하지만 길들여진 현실 속으로 운반될 때마다 자주 엎질러지거나 증발된다. 우리는 되돌아와야 하는 괄호 같은 세상이 있다. 괄호 안에 있든지 괄호 밖에 있든지, 설핏 불안해 보이지만 아득히 멀리서 보면 우린 결국 괄호와 더불어 한 화면에 존재하며 살아가고 있다.

그러니까 10년이 더 지난 일이지만 늘 어제처럼 생생하게 솟구치는 풍경이 하나 있다. 나는 그때 다시 시작되었다. 괄호 바깥으로 높이 날아가는 한 마리 새처럼.

예기치 않게 괌으로 떠났다. 현장 영업 일선에서 탁월한 성적을 내신 분들이 포상 휴가로 떠나는 여행에, 내 이름이 끼게 되었다. 당시에 내가 소속된 본사 전략기획팀에서 마침 스태프로 갈 사람이 필요했던 것이다. 지금 생각으로는 어처구니없지만, 그때 나는 정말 아무런 사전 준비도 없이 간단한 여행가방과 어수선한 내 몸 하나만 태웠다. 막연하게 해외여행이라는 설렘만 가방 속에서 숨죽이고 있었다. 살아남아야 한다는 불안감으로 앞만 보고 달려왔던 내 몸은 반쯤은 내가 아니었다. 모처럼 장시간 동안 좌석에 멈춰 있었다. 그러자 조금씩 심장 박동이 이국적인 리듬을 타는 듯한 현기증이 밀물쳐오는 듯했다.

괌에 도착하자 나는 내 자신에 대해 매우 놀랐던 게 있는데, 바로 '또 다른 나'의 발견이었다. 괌에 도착해 있는 내내 '그 남자'는 에메랄드빛 바다에서 어떤 신비로운 시선에 홀린 듯 눈을 떼지 못했다. 다른 일행들이 '자유시간'이라는 스케줄을 실적 쌓듯이 우르르 자유를 채집하러 몰려다니는 동안, 그 남자는 스스로 바닷물에 홀로 있었다. 그에게 지느러미라도 생긴 듯이 물의 맑은 품속을 유영하며 온몸에 감도는 전율을 주체하지 못했다. 거대한 바다에 몸을 맡긴 조그만 파문 하나. 망망대해라는 시간의 시선 속에 나는 내 의지로 획이 되고 평면이 되고 입체가 되려고 꿈틀거리는 점 하나라는 생각이 들었다. 나는 점점 그 남자에 동화되고 있었다.

밑바닥이 훤히 들여다보이는 바닷물에 몸과 영혼까지도 투명해지는 황홀함 때문이었을까. 하지만 아무런 이유가 필요 없었다. 그저 자연이 불안해하는 인간을 부드럽게 쓰다듬어준다는 느낌이었다. 지금도 그 날을 생각하면 나는 모천 회귀하듯 어느새 그때 그 남자가 된다.

괌에서 돌아오는 길에 항공사의 사정으로 예기치 않게 사이판 PIC 리조트에 1박2일로 머물게 되었다. 이미 워터파크가 먼저 나를 몹시 기다리고 있었다. 높은 곳으로 나를 손잡아 이끌더니 기다란 물줄기로 내 등을 힘차게 떠밀어주었다. 나를 쏘아 매력적인 아슬아슬함으로 바닥에 꽂히게 하는 것이 어찌나 즐거웠는지. 그런데 이 날은 홀로여서 즐거운 게 아니었다. 지난밤에 뒤풀이 행사 때 친해졌던 선생님들과 함께였기 때문이다. 같이 정상에 올라가서 나란히 줄을 서는 과정이 지치지 않고 마냥 좋았다. 긴 물줄기의 터널을 지나 한 사람씩 한 사람씩 무사히 과녁을 명중하는 모습을 서로 관심 있게 지켜봐주는 게 좋았다. 이것은 같은 목표를 향해 같은 방향으로 함께 몸의 화살을 쏜다는 한마음의 쾌감인 것 같았다.

돌아오는 길에 내 입가에는 내면의 불길에 깊게 데인 흔적이 부풀어 오르고 있었다. 그 흔적은 마치 내 몸에다 '참 잘했어요.'를 찍어준 도장 같았다. 다시 장시간 좌석에 머물러 있으면서 나는 내 몸을 바다처럼 안아주고 있었다.

영원할 것만 같았던, 영원했으면 좋았을 여행의 여정에는 끝이 있다. 괄호 같은 현실 속으로 되돌아가는 일이다. '끝'이라는 낱말은 우리의 삶을 많이 되돌아보게 하거나 정리하게 해준다. 이 끝이 누군가에겐 새로운 시작을 위한 도약일 수도 있고 누군가에겐 새장 같은 현실로의 귀환일 수도 있다. 여기에는 불안이 반드시 등장한다.

우리는 어쩌면 삶이라는 시간에 탑승한 여행객 아닌가.

우리 일상의 드라마를 보면, 항상 끝이 나기 전까지는 불안의 감정에서 헤어나기 어렵다. 빛나는 행복의 결말을 맺기 위해서는 그 만큼의 불안한 상황들이 도처에 존재한다. 크고 작은 불안은 피할 수 없는 나의 터널이다. 고속도로를 장거리 운전하다보면 터널이 끝나면 다시 새 터널이 멀리 보인다. 목적지까지는 수십 개의 터널을 통과해야 한다.

그런데 역설적으로 불안은 내가 낯설어진 또 다른 나를 비로소 진심으로 관계 맺게 해준다. 불안하지 않으면 획기적인 변화는 없다. 불안을 진심으로 초대하면 내가 더 단단하고 주체성 있는 단독자로 꽃피우게 되리라.

불안이 있어 단기 여행의 끝 지점마다 생기는 마디마디가 시리도록 아름답다. 괄호 같은 터널이 하나씩 끝날 때마다 얼마나 눈부신 바깥이 우릴 맞이하는가. 언젠가 생의 여행 종착 지점에서 다시 되짚어보면, 우린 그때 그 순간의 마디마디가 생의 절정이었음을 깨닫을 것이다.

우린 오늘도 여행 중이다. 수많은 길이 우리를 터미널로 터널로 나 자신에게로 바래다줄 것이다.

김영곤 | 『월간문학』 수필 등단(2014년). 한국문인협회, 종로문인협회, 대표에세이문학회 회원. 수상: 배재문학상, 국제문학상. 저서: 수필집 공저 『골목길의 고백』 『짧지만 깊은 이야기』. E-mail: prin789@hanmail.net

나는 여권이 없다

전현주

혹시 가는 곳마다 마음에 든다며 눌러 앉아버릴지도 모를 자신의 기질을 지레 알아챘던 것은 아닌지. 그래서일까. 나는 아직 여권을 만들지 않았다.

여행 온 곳에 눌러앉아 지금까지 살고 있다. 산다고는 해도 늘 잠시 다니러 온 기분으로 지내고 있으니 가끔은 여행인지 거주인지 헷갈리기도 한다.

처음 이 마을에 도착했을 때 저런 집에 살아보고 싶다고 감탄하며 외치던 집을 사람들은 모두 폐가라고 불렀다. 나는 그 집 마당 끝에 있는 감나무를 보고 반해버렸다. 누가 심었을까. 예전에 이 집에 살던 사람이 심었을까. 나뭇잎 사이로 눈부시게 반짝이는 오월의 햇살은 순간 나를 멍멍하게 만들었다. 마법에 걸린 듯 온 뜰을 가득 메운 잡초와 거미줄마저 아름답게만 보였다.

오랫동안 비어 있던 까닭에 다 허물어져 내린 아궁이도, 뒤틀려 제대로 닫히지 않는 방문도 내게는 문제가 되지 않았다. 당장 그 집에 여장을 풀고 싶은 마음뿐이었다. 그러나 폐가 수리에 시간과 비용이 너무 많이 든다는 것과 아직 어린 세 아이들과 함께 생활하기에 너무 불편하다는 이유로 그 집은 포기해야만 했다. 하지만 이미 마음을 빼앗긴 우리는 도시에서의 삶을 정리하고 폐가에서 그리 멀지않은 곳에 터를 구해 급히 조그마한 집을 지었다. 남편이 서툰 솜씨로 집을 짓는 동안 나는 하루라도 빨리 이곳에 살아보고 싶어서 몸살이 날 지경이었다.

예상대로 여행지에서의 생활은 환희 그 자체였다. 우리의 일상은 이전과는 전혀 딴판이 되었다. 동이 트기 전부터 요란하게 지저귀는 새소리에 느지막한 아침은 꿈도 꿀 수 없었다. 앞산에서 떠오르는 햇살이 빗살처럼 사방으로 뻗혀나가는 장관을 생전 처음 보았다. 정리가 채 덜 끝난 돌투성이의 붉은 흙 마당엔 온갖 풀이 자라나고 풀은 어김없이 나름대로 아름다운 꽃을 피웠다. 우리는 간단히 입고 소박하게 먹으며 이곳 사람들을 닮아갔다.

칠흑같이 어두운 밤이면 마당에 돗자리를 깔고 누워 별을 찾아보았다. 캄캄한 마당을 별똥별처럼 날아다니는 반딧불과 창문을 기어오르는 청개구리들을 보고 아이들은 한없이 기뻐했다. 나는 들꽃으로 집안을 장식하고 커튼을 만들고 빵을 구웠다. 남편은 텃밭에 채소를 가꾸고 창고를 짓고 나무를 심었다. 아이들은 하루 종일 마당에서 강아지, 고양이들과 뛰어 놀고 우리는 저녁마다 느긋한 시간을 보내다가 내일을 기대하며 잠이 들었다.

통장 잔고가 바닥을 드러내기 시작할 때 쯤 우리 부부는 도서관에서 농사에 관련된 책을 빌려다 읽으며 마을 끝에 있는 비탈진 밭을 얻어 배추 농사에 뛰어들었다. 동네 어른들은 우리가 곧 농사에 실패를 하고 어느 날 다시 훌쩍 떠날 것이라 짐작을 하면서도 일부러 호미를 들고 밭까지 오셔서 슬쩍 일을 거들어 주시곤 했다. 우리는 이곳에 조금이라도 더 살고 싶은 마음에 힘든 줄 모르고 무엇이든 했다. 옥수수, 감자, 콩, 고구마, 호박…. 생계를 위해 점점 밭을 더 많이 빌리고 작물의 가짓수를 늘여갔다.

그렇게 한 해 두 해가 흘러가면서 우리도 마당에 심은 나무들처럼 천천히 뿌리를 내렸다. 아이들에게는 모교가 생기고, 친구가 늘어났다. 우리 부부도 점점 인맥이 쌓여 잠깐씩 들러 안부를 묻거나 함께 차를 마시며 마음을 나눌 벗이 생겼다.

집 짓던 해에 심은 토종 보리수가 마당에 큰 그늘을 드리우고 훌쩍 자란 벚나무는 봄마다 환한 꽃을 피운다. 아이들은 이제 의자를 끌어오지 않고도 앵두를 따 먹을 수 있다. 모든 상황이 불확실하던 그때 훗날 우리가 떠난 자리에 와서 살게 될지도 모를 누군가를 위해 나무를 심었던 것은 옳았다.

어린 시절 우리 집에는 네 권짜리 두꺼운 세계여행책이 있었다. 여행이 자유롭지 못하던 시절에 세계 각지의 멋진 유적들의 사진이 많이 들어있는 그 책은 어떤 동화책보다도 흥미로웠다. 스페인의 정교하게 조각된 전승 탑이나 로마의 콜로세움, 잉카의 돌무덤 안에 웅크리고 있던 미라. 그리고 내가 가장 좋아하던 알프스의 푸른 풀밭…. 얼마나 책에 빠져들어 여러 번 읽었던지 지금도 텔레비전에 그때 사진으로 보았던 풍경이 나오면 마치 그곳에 내가 정말 갔었던 것 같은 착각이 든다.

학교에 다녀와 숙제를 마치면 늘 마루에 엎드려 책을 뒤적였는데 이상하게도 내가 직접 그곳에 가보고 싶다는 생각을 해 본 적은 없었다. 그러나 항상 책을 만들기 위해 세계 여러 나라를 돌아다니며 애썼을 사람들에게 고마운 마음을 품었던 것 같다. 어린 시절 접해 본 것을 평생 꿈으로 간직하며 기어코 소망을 이루어낸 훌륭한 예술가도 있고 과학자도 많건만 나는 왜 단 한 번도 여행가의 꿈을 꾸어보지 않았을까. 혹시 가는 곳마다 마음에 든다며 눌러 앉아버릴지도 모를 자신의 기질을 지레 알아챘던 것은 아닌지. 그래서일까. 나는 아직 여권을 만들지 않았다.

오랜만에 얼굴을 내민 햇살이 반가워서 마당에 빨랫줄을 맸다. 허리춤에 줄을 친친 감고도 우뚝 서 있는 보리수가 믿음직스럽다. 홑이불이 바람에 너풀거린다. 내가 다음 여행지를 고민하지 않은지 어느새 20년이 지났다. 이곳이 여전히 좋아 조금 더 살아볼 생각이다.

전현주 | 『월간문학』 수필 등단(2015년). 한국문인협회, 음성문인협회, 음성수필가협회 대표에세이문학회 회원. 저서: 수필집 공저 『짧지만 긴 이야기』 『골목길의 고백』. E-mail: ambuin99@naver.com

쉼
다섯

짚라인 zipline

김정순

짚라인을 타기 전엔 두렵고 떨렸지만, 줄에 몸을 맡기고 날자
순식간에 건너와 있었다. 바로 이거다. 벼랑 앞에서는 나는
거다. 보이지 않는 짚라인을 타고.

며칠 전 필리핀 보홀 섬에서 짚라인을 타며 찍었던 사진이다. 허공을 날고 있는 사위와 손주 얼굴이 환하다. 바람 부는 방향을 따라 일직선으로 쭉 뻗은 머릿결과 옷깃에선 '씽' 바람 소리가 들려오는 것 같다. 타기 직전 긴장한 표정이 역력하던 딸의 모습에도 여유가 있어 보인다. 공중 낙하 경험이 많은 남편은 노련미가 풍긴다. 팔이 약간 내려와 있지만, 내 모습도 나는 새처럼 자연스럽게 느껴진다. 짚라인을 타고 나오는데 안내원이 기다렸다는 듯 사진을 보여줬다. 공중에서 찍은 사진으로 우리가 영화 속 주인공 같아 망설이지 않고 구입한 건데 볼수록 맘에 든다.

한적한 시골길을 두세 시간 달려왔다. 매표소 앞은 썰렁했다. 사람들을 찾아보았지만, 우리 가족 외엔 아무도 없었다. 기다리지 않고 바로 탈 수

있으니 기뻐해야 하는데 뭔가 잘못된 게 아닌가 싶어 망설여졌다. 슬그머니 겁이 났다. 불안해하는 우리 마음이 느껴졌는지 여덟 살 손주 녀석이 자기는 타지 않고 매표소 옆에서 놀며 기다리겠단다. 사위도 내키지 않는 표정이다. 이번 기회를 놓치면 언제 또 타보겠나 싶은 맘에 손주를 치켜세웠다. "시원이는 용감해서 이런 것쯤 눈감고도 탈 수 있지? 아빠나 할아버지를 꼭 안고 타면 더 신날 거야." 아이는 내 말에 마뜩잖은 표정으로 따라왔다.

짚라인을 타기 위해 산 위로 올라갔다. 짚라인은 양편의 나무나 지주대 사이에 튼튼한 줄을 묶고 탑승자와 연결된 도르래를 줄에 걸어 빠르게 반대편으로 이동하는 레포츠다. 줄 두 개가 맞은편 산 너머에 걸려있다. 외줄 하나에 의지해 이쪽 산에서 강 건너편 쪽 산 위까지 가는 거다. 떨어지면 어떻게 될지 알 수 없다. 안전망이 있나 찾아봤지만 없다.

안내자의 지도에 따라 사위와 손주가 장비를 착용하고 헬멧을 머리에 쓴 뒤 양쪽 다리를 쭉 펴고 엎드렸다. 원래는 혼자서 타는데 손주가 어려 제 아빠 옆에 같이 탄 것이다. 도우미가 안전을 점검한 뒤 보조 띠를 조였다. 바로 옆줄에서는 다른 안내자가 딸이 타는 걸 도왔다. 딸과 사위 얼굴이 공포와 두려움으로 굳어 있다. 하나, 둘, 셋 소리와 함께 딸네 가족이 힘차게 앞으로 날아갔다. 이어서 남편과 내가 각각 장비를 착용하고 헬멧을 썼다. 몸이 굳어지면서 가슴이 쿵쿵 뛰었다. 심호흡하며 마음을 진정시켜 보지만, 진땀이 났다. 안내자가 시키는 대로 바닥을 보고 엎드렸다. 신호가 떨어짐과 동시에 몸이 붕 뜨면서 빨려 들어가듯 앞으로 나아갔다. 푸른 나무와 강이 눈앞에 나타났다가 재빠르게 사라졌고, 키 큰 나무들이 가슴에 닿을 듯 스치며 지나갔다. 나는 그 와중에도 새처럼 날고 싶어 양팔을 쭉 폈다.

"와!" 외치는 소리에 가슴 밑바닥에 쌓여있던 응어리들이 풀려 나와 바람을 타고 공중으로 날아갔다. 속이 후련해지도록 외치고 싶었는데 안내자가 다가왔다. 노래를 부르다가 절정에서 멈춰버린 듯 아쉬웠지만, 이삼십 년은 젊어진 듯했다. 우리 부부만 왔다면 타볼 엄두도 못냈을텐데, 딸네와 함께 오기를 잘했다 싶다. 조금 전까지 타지 않겠다고 뒷걸음치던 손주 녀석도 아쉬웠던지 더 타고 싶다 한다.

"할머니! 날고 싶었는데 꿈이 이루어졌어요."

겁쟁이 꼬마 목소리가 아니다. 두려움을 이겨낸 게 자랑스러운가 보다. 이제는 아빠와 같이 안타고 혼자 타겠단다. 이젠 덜컥 겁이 나 도망가고 싶은 일과 맞닥뜨렸을 때 짚라인을 타기 전처럼 혼자 놀겠다고 하지는 않으리라 여겨진다. 주고 싶다고 줄 수 있는 것이 아닌 값진 선물을 준 것 같아 흐뭇하다.

무섭고 두렵다고 되돌아가지 않기를 정말 잘했다. 인생길을 가다 보면 벼랑이나 깊은 강이 앞을 막을 때가 있다. 짚라인을 타기 전엔 두렵고 떨렸지만, 줄에 몸을 맡기고 날자 순식간에 건너와 있었다. 바로 이거다. 벼랑 앞에서는 나는 거다. 보이지 않는 짚라인을 타고. 보이는 짚라인은 사람이 만들어 추락할 수 있지만, 보이지 않는 짚라인은 신의 작품이라 안전하다. 가파르고 험해 아찔해도 안내자의 지시에 따라 끈을 붙잡고 놓지만 않으면 된다. 우리는 저마다 주어진 외줄을 타고 강을 건너는 자가 아닐까. 손주 녀석한테 겁쟁이라 했지만, 겁이 많은 건 녀석이나 나나 오십보 백보다. 어쩌면 녀석보다 내가 더 자신감을 얻었지 싶다. 지구 여행을 마치고 저 세상에 가면 이 사진처럼 우리도 모르게 찍어 놓은 사진이 있지 않을까.

김정순 | 『월간문학』 수필 등단(2015년). 한국문인협회, 대표에세이문학회, 광진문화예술회관 회원.
저서: 수필집 공저 『골목길의 고백』 『양평 이야기』. E-mail: soon550928@hanmail.net

순례

강창욱

친구와 헝가리의 부다페스트를 방문했을 때 리스트음악학원을 발견하여 둘러본 적이 있다. 거기다 프란츠 리스트의 대작 '순례의 해'를 발견했다. 오늘은 그것을 들어보고 싶은 날이다.

금년이 무슨 특별한 해年인지 여행을 함께 하자는 초청이 몇 왔다, 순례의 여행들이다. 절친한 목사님이 성지순례의 안내를 맡았으니 함께 가자고 초대하셨다. 내가 한번은 하고 싶은 일이라는 말을 기억하신 것이다. 또한 금년이 시인 윤동주의 탄생 100주년이라 윤동주를 사랑하는 사람들이 특별한 순례로 일본과 관동엘 여행 한다며 동행을 청해왔다. 그리고 춘원 이광수가 우리나라의 첫 장편소설 『무정無情』을 처음 출간한 지 100년이 되는 해다. 이 기념비적인 출간은 한국의 언어, 문학, 사회에 혁신적인 역할을 했으니 축하 할 일이다. 특별 행사가 있다는 것을 알았지만 참석은 못하게 되었다. 내가 무슬림이었다면 아마 금년이 메카순례 하지Hajj를 해야만 하지 않았을까 하는 공상을 한다. 친구와 헝가리의 부다페스트를 방문했을 때 리스트음악학원을 발견하여 둘러본 적이 있다. 이런 우연한 발견은 금맥을 발견한 것 같은 축복이라 무척 흥분한다. 거기다 프란츠 리스트의 대작 〈순례의 해Années de pèlerinage〉를 발견했다. 금상첨화였다. 오늘은 그것을 들어보고 싶은 날이다.

나는 작년에 순례를 했다. 내 맘속에는 나를 가르친 몇 분의 영웅이 있다. 한 여행에서 그중 두 사람과 관계있는 곳을 순례하게 되었다. 영국 섬나라 구경을 하려고 특별한 관광 코스를 예정하지 않고 다녔다. 먼저 런던에서 하루를 지나고 기차로 스코틀랜드의 에든버러로 가기 위해 기차역에 가는 길에 창밖에 보인 술집 간판이 '메드 해더Mad Hatter'였다. 분명 '이상한 나라의 엘리스'에서 가져온 이름일 것이다. 이것은 또 정신이 이상한 사람을 뜻하는 속어이기도 하다.

그것도 과감하게 큰 글로 금색까지 한 간판이라 기이하다고 생각을 할 때 문득 이 거리가 바로 프랜시스 톰슨이 무숙자로 살았던 차링 크로스Charing cross라는 곳이었다. 내가 가장 귀하게 여기는 시인으로서 가장 아끼는 시 「하늘의 사냥개Hound of Heaven」의 작가다. 그는 의과대학을 포기하고 우여곡절 끝에 이곳에서 노숙자로 걸식을 하며 아편중독까지 되었다. 그 고행 중에 쓴 이 시는 누구도 탓하지 않고 자기의 생을 주님에게 사죄하는 시이다. 나는 흥분을 가라앉히려고 노력했다. 기차에 올랐어도 한동안 상념에 빠져 있을 때 열차가 어느 한 정거장으로 서서히 정차하려 한다. 눈에 들어온 정거장 간판에 더럼Durham이라 적혀 있지 않은가? 여기서 톰슨이 태어나서 자랐다. 톰슨이 가족과 대화하는 공상이 맘속에 쑥 들어왔다. 그가 의학을 버리고 직장 없이 노숙하는 것이 가족이 허락 할 수 없었을 것이다. 의과대학을 저버리고 글을 쓰겠다니? 톰슨 부자간의 갈등이 공상에서 떠나지를 않는다. 나도 내 아버님과 진학 문제로 갈등이 있었지만 아버님의 뜻을 따라 의대를 갔다. 톰슨은 아버지를 거역하고 말았던 것인가? 기차는 맨체스터 역으로 슬슬 들어간다. 톰슨은 이곳에 있는 맨체스터 의대를 다니다 졸업 직전에 런던으로 훌쩍 떠났다는 기억이 났다. 내 눈시울이 축축해지는 것 같았다.

우리가 묵은 에든버러의 호텔에서 동리를 구경 하느라고 가까운 길을 걸어 다니다가 오래된 전형적 구라파의 성당을 발견하여 구경삼아 들어가보았다. 이상하게도 제단이 보이지를 않고 교회의 한가운데에 설교단만 있고 전형적 구라파 성당의 화려한 장식이 없었다. 한편으로는 이 교회가 폐허되어 가는가 하고 생각을 하고 있을 때 문득 행여나 하는 생각이 머릿속에 떠올랐다. 아, 이것이 종교개혁으로 일어난 교회로구나 하는 내 상상이 들어맞았다. 그 교회가 바로 존 녹스John Knox가 개혁교회 장로교를 처음 시작한 성 가일St. Gail이었다. 나는 또 한 번 흥분 했다는 것은 불문가지다. 말만 들었든 녹스, 나는 여행안내자 없이 내 맘 속의 두 영웅의 고향을 순례한 셈이다. 이런 축복이 어디에? 내게는 진주 같은 귀중한 순례였다.

리스트의 '순례의 해'를 들을 만한 날이다.

강창욱 | 『월간문학』 수필 등단(2015년). 한국문인협회, 대표에세이문학회 회원, 미국 메릴랜드 거주. 저서: 수필집 공저 『골목길의 고백』, 영문소설 『The Last Journey of Jack Lewis』, 논문집 『춘원 이광수와 정신의학의 발전』 『춘원의 영적 순례』 등. E-mail: cwkangmd@hotmail.net

검은 산

신순희

희망은 늘 푸르다. 화산 폭발한 이듬해, 사람들은 이 산에 상록수 묘목을 심었다. 쓰러진 나무들은 흙이 되어 자라나는 묘목을 위해 기꺼이 희생할 것이다.

산은 언제나 그 자리에 있지만 같은 모습은 아니다. 긴 세월, 때로는 무심하게 때로는 포효하며 위엄을 보인다. 1980년 5월 18일 미국 워싱턴 주 남쪽에 있는 명산 세인트헬렌스가 폭발했다.

내가 처음 이 산에 오른 것은 오리건 주에 살 때였다. 누군가 말하길 워싱턴 주에 있지만, 오리건에서 가기에 더 가깝다고 했다. 그곳에 가면 자연이 다시 살아나는 모습을 볼 수 있다고 했다. 과학자들은 이 산이 영영 회복되지 못할지도 모른다고 우려했지만, 태초에 천지를 창조한 것처럼 다시 만들어지는 자연을 볼 수 있다고.

화산 폭발한 지 십 수 년이 지났을 무렵이었다. 먼저 내 시야에 들어온 것은 나무였다. 시커멓게 화상을 입고 타버렸다. 뿌리째 뽑혀 여기저기 아무렇게나 누워있는가 하면, 겨우 서 있어도 골격만 남은 몰골이었다. 호수에 수장된 나무도 보였다. 계곡에는 회색 물이 꿈틀거렸다. 바위도 벌판도 수묵화처럼 검었다. 침엽수림이 울창하던 푸른 산이 이처럼 암울하게 변하다니. 삼라만상이 얼마나 두려웠을까. 황폐한 산 검은 산.

치유할 수 없으리라는 예상을 엎은 건 보잘것없는 풀 한 포기였다. 등산로 곳곳에 들어가지 말라고 노란 줄을 치고 사람의 발바닥 그림을 그려놓고 ×자를 그었다. 연약한 풀 털 끝 하나 건드리지 말고 아주 작은 돌멩이 하나 만지지 말라는 경고였다. 풀 한 포기. 삶은 이처럼 하찮은 것으로부터 시작된다. 예상보다 속히 치유되고 있는 세인트헬렌스이다. 일백 년이 지나야 자연 생태계가 회복되리라 했지만 십여 년이 지나자 산은 서서히 부활하기 시작했다. 자연은 사람이 해치지 않는 한 강건하게 되살아나는 것일까.

전망대에서 산 정상을 바라보았다. 분화구에서 연기가 희미하게 오르고 있었다. 언제 또다시 분노할지 모른다. 살아 숨 쉬는 산이다. 세인트헬렌스산(Mt. St. Helens)은 만년설을 머리에 이고 있는 높이 2,950m 산이었지만 그해 화산폭발로 꼭대기가 푹 패여 떨어져 나가 2,550m로 낮아졌다. 마치 두뇌의 일부가 사라진 모습이다. 사람의 그림자가 머물러야 비로소 산이 보이는 것. 산은 애초에 그곳에 있었다.

전망대 극장에서 폭발 당시 산의 모습을 담은 기록영화를 보았다. 산은 핵폭발이 일어난 듯 검은 회색 구름을 뭉게뭉게 한없이 토해냈다. 마그마가 휩쓸어버린 계곡에 진회색 물이 꾸역꾸역 하는 수 없이 흘렀다. 산꼭대기 만년설도 함께 녹아내렸다. 생나무들과 그 잔해들이 강물에 가득 넘쳐

떠내려가고 물고기가 떼죽음을 당했다. 날짐승도 산짐승도 몰살했다. 산의 나무란 나무는 모조리 벌목한 듯 널브러졌고 들판은 폐허가 되었다. 산은 무슨 말을 하고 싶었길래 깊은 속을 그토록 쏟아낸 걸까.

산은 모든 길을 잃었다. 청량한 숲 소리가 사라지고 적막감만 남았다. 미처 대피하지 못한 57명이 목숨을 잃었다. 바람에 실린 화산재는 150여km나 떨어져 있는 시애틀까지 날아갔다. 아니 다른 주까지 날았다. 산은 숯검정이 된 심정을 바람에 실어 멀리멀리 퍼뜨렸다. 본시 인간과 자연은 하나인 것을. 사람의 발길이 끊길 것을 두려워했을까.

희망은 늘 푸르다. 화산 폭발한 이듬해 삼월, 사람들은 이 산에 상록수 묘목을 심었다. 쓰러진 나무들은 흙이 되어서 자라나는 묘목을 위해 기꺼이 희생할 것이다. 산의 길을 만드는 건 사람의 발자국이다. 오르지 못하는 산은 산이 아니다. 오르다 말지라도 도전해 보라고 산은 그 자리에 있는 게 아닐까.

세인트헬렌스에 사람들의 발길이 끊이지 않는다. 워싱턴주 시애틀로 이사한 뒤로 나는 서너 번 더 이 산을 찾았다. 그때마다 산은 다른 모습을 보였다. 십여 년 전 시애틀에 오신 어머니와 함께 이 산에 올랐다. 관광객을 위해 산 중턱까지 길이 잘 다져져 있다. 그렇다 해도 경사진 길이다. 허리가 구부정한 어머니는 자식들에게 짐이 될까 염려해 한국에서 기운이 난다는 링거 주사를 맞고 오셨다. 그 힘으로 앞장서 산에 오르셨다. 전망대에 도착해서야 허리를 펴고 움푹 팬 산 정상을 유심히 바라보셨다. 무슨 생각을 하셨을까? 묻지 않았다. 이제 어머니는 이 산에 오를 수 없다. 지난

해 고관절 수술을 하고 회복 중이지만 영영 일어서지 못할지 모른다.

생명은 참으로 오묘한 것이어서 사람들의 예측을 불허한다. 자연은 자연스럽게 회복되고 있다. 세인트헬렌스산에 보라색 들꽃이 피어나고 산새가 낭랑하게 노래하고 엘크가 돌아오고…. 어쩌면 어머니도 예측과 달리 일어설지 모른다. 상처는 쉽게 아물지 않아 신록의 계절에도 산은 아직 무채색이지만 가슴에는 신선한 바람이 분다.

그날, 1980년 5월 18일 태평양 건너 한국 광주에서는 광주민주화운동이 일어났다.

신순희 | 『월간문학』수필 등단 (2015년). 재미수필문학가협회, 서북미문인협회 회원, 미국 워싱턴주 시애틀 거주. 수상: 월드코리안신문 이민문학상, 서북미문인협회 뿌리문학상. 저서: 수필집 공저 『골목길의 고백』. E-mail: shsh644@hotmail.com

청송에서

박정숙

햇살은 산꼭대기에서부터 내려왔다. 산을 선명하게 두 색깔
로 갈라놓으며 시나브로 캠핑장 앞마당까지 내려왔다.

여름휴가를 청송자연휴양림으로 갔다. 휴양림은 청송군 부남면에 위치하고 있다. 사방이 산으로 둘러싸여 있고, 야영 데크 앞에는 넓은 잔디밭이 있었다. 먼저 온 야영객들이 쳐놓은 텐트 사이에 우리도 자리를 잡았다. 정오를 향해가는 햇살이 따가웠지만 계곡에서 불어오는 바람은 시원했다.

새벽에 눈을 떴다. 비가 내리는 것 같아 밖으로 나왔다. 비는 내리지 않고 계곡에서 물 흐르는 소리가 요란했다. 비 오기 전처럼 개구리 울음소리가 계곡 가득 퍼졌다. 그때 올려다본 밤하늘엔 별이 가득했다. 많은 별 중에 'W'자 형태를 하고 있는 카시오페이아가 눈에 들어왔다. 그 주변으로 다른 별자리들도 보였다. 수많은 별이 숲에 내려앉아 두런두런 이야기를 하고 있는 것 같았다. 밤하늘은 마치 내가 다른 행성에서 바라보고 있는

게 아닐까 착각할 만큼 낯설고 경이로웠다. 밤하늘을 보고 있으니 잊을 수 없는 추억이 떠올랐다. 기억을 떠올릴 때면 느낌도 따라온다. 과거에 경험한 무엇인가가 지금 이 순간의 내 상황과 맞물려 재구성되는 것이 기억이고 추억일 것이다. 영롱한 별들의 세상을 보고 있으니 아버지가 생각났다.

사는 것이 꿈같다. 아버지가 돌아가신 후 그런 생각이 더 많이 드는 건 나도 나이를 먹고 있기 때문이리라. 생의 끈을 놓은 아버지는 어디로 갔을까. 하늘에 있는 수많은 별 중에 하나가 된 걸까. 별을 쳐다보고 있으니 아버지와 함께했던 시간이 떠올랐다.

신혼 초였다. 남편과 나는 아버지를 모시고 낚시를 하러 갔다. 그날도 계곡에서 흐르는 물소리는 지금처럼 요란했다. 나는 아버지 옆에 앉았다. 한두 마리씩 메기가 낚이자 아버지 얼굴이 환해졌고 그때 올려다봤던 하늘엔 별이 가득했다. 별은 흔들림 하나 없이 밤하늘을 수놓고 있었다. 별이 너무 많아서 쏟아진다는 느낌보다는 내가 그 속에 파묻혔다는 기분이 들 정도였다. 아버지의 품속에 안긴 것 같은 느낌이 좋았다.

날이 밝자 골짜기엔 안개가 자욱했다. 골짜기마다 내려앉은 안개는 수평선을 보는 것 같았다. 밤하늘에 떠 있던 별은 사라지고 그들이 남긴 이야기처럼 안개가 산허리를 휘감고 있었다. 소나무 사이로 시간은 느리게 흘렀다.

옆 텐트에서 두런두런 이야기소리가 들렸다. 부드러운 서울 말씨가 안개처럼 낮게 가라앉아 있었다. 사이사이 재채기를 했다. 계곡은 한여름이라도 서늘했다. 그것을 모르고 잔 모양이었다. 새벽녘까지 잠을 이루지 못하게 했던 계곡물은 아무것도 모른다는 듯 유유히 흐르고 있었다.

아침 햇살이 산으로 곱게 번졌다. 사람들도 하나둘 깨어나 텐트 밖으로 나와 기지개를 켰다. 모든 살아있는 것들이 속삭이는 소리로 골짜기는 분주했다. 다람쥐는 나무와 바위사이를 옮겨 다니느라 분주한 것 같았다. 느티나무 위에서는 매미들이 화음을 맞추었고, 기웃대던 안개도 순식간에 사라지고 없었다. 하늘엔 한가로운 구름이 더디게 흐르고 있었다.

햇살은 산꼭대기에서부터 내려왔다. 산을 선명하게 두 색깔로 갈라놓으며 시나브로 캠핑장 앞마당까지 내려왔다. 햇살이 지나온 자리는 밝고 깨끗했다. 싸리비로 마당을 쓸어놓은 듯 말끔했다. 햇살은 어느새 텐트를 지나서 뒷산으로 올라갔다.

다음 날, 우리는 이른 저녁을 먹고 메기 낚시 준비를 했다. 휴양림에서 10분 거리에 있는 지소로 갔다. 지소는 큰 바위가 많아 메기가 서식하기 좋은 장소가 많다. 보름이 며칠 남지 않아 달이 밝았다. 낚싯대를 드리우고 앉아 하늘을 바라보았다. 달이 너무 밝았다.

메기는 해가 지면 활동을 시작한다. 그믐에 가까울수록, 비가 오거나 구름이 많은 날 잘 잡힌다. 오늘은 보름에 가깝지만 옅은 구름이 끼어 있어서 밤에 길을 나섰다.

당연한 결과처럼 고기는 쉽게 잡히지 않았다. 낚시는 기다림의 연속이라 했던가. 나는 낚싯대를 접지 못하고 마냥 기다렸다. 달이 너무 밝았다. 물속에 있는 돌이 훤히 보였고, 달빛 때문에 열어진 어둠사이로 나뭇가지가 흔들리는 것도 보였다. 두 시간이 지나자 그만 가자며 남편이 낚싯대를 접었다. 나는 하는 수없이 자리에서 일어났다.

자정쯤이었다. 캠핑장 앞마당에 노루가 나타났다. 사람들이 노루 소리를 듣고 수런거렸다. 개 짖는 소리랑 비슷한 그 소리는 메아리처럼 산을 울렸다. 캥캥거리기도 하고 꽥꽥 거리기도 했다. 두려운 마음이 들어 내다보지는 못하고 귀를 기울였다. 노루는 한참을 그렇게 있다가 산으로 들어갔다.

휴양림에는 하늘다람쥐, 사슴, 멧돼지, 수달이 산다. 골짜기에는 작은 개울이 흐르고 있었다. 맑은 개울에는 가재도 있다. 아름드리 소나무 위에는 어치, 산비둘기, 부엉이, 꿩, 딱따구리, 뻐꾸기, 꾀꼬리가 산다. 초저녁에는 소쩍새가 울었다. 여름 산에 소쩍새 울음소리가 선명하게 들렸다. 밤이면 하늘 가득 별이 떠 있고, 달은 밤마다 조금씩 둥그러졌다.

나는 휴양림에서 3박 4일을 보냈다. 자연이 소리도 없이 시간을 끌고 가고, 나는 아무것도 하지 않고 지난 시간을 추억했다. 얽매이지 않는 삶이었다. 배고프면 밥을 먹고, 자고 싶으면 잤다. 계곡에 앉아 물 흐르는 소리를 들었고, 나뭇가지에 부는 바람을 친구삼아 노래도 불렀다. 자연과 가까이 있으니 마음이 순해지는 것 같았다. 가끔 오자며 웃는 남편의 얼굴조차 순해보였다. 시간도 공간도 다 잊어버린 안락함이 깃든 시간이었다.

텐트를 걷는 날 아침이었다. 며칠 전 왔다갔던 노루가 멀리서 눈을 반짝이며 서 있었다. 노루 눈이 별처럼 반짝였다. 어쩌면 아버지는 별처럼 빛난 눈을 달고 노루가 된 것이 아닐까.

박정숙 | 『월간문학』 수필 등단(2016년). 한국문인협회, 대표에세이문학회, 에세이울산 회원. 수상: 울산 산업문화축제 문학상. E-mail: mesuk66@hanmail.net

반건조 노가리

최 종

쉽게 짐작하고 단정하며 성토했던 자신이 한심스럽기까지 하다. 도무지 중정(中正)의 판단이 쉽지 않은 세월인가. 노가리 어상(魚商)의 눈빛은 그윽하고 해맑았다.

아내가 등에 메는 가방을 사왔다. 이런 종류의 배낭이 하나 있었으면 했는데 꼭 마음에 들었다. 그 가방을 짊어지고 전철을 탔다. 당일치기 여행이다. 월곶역을 지나 소래포구역에 도착했다. 오이도만 갔다가 올 줄 알았더니 소래포구까지 갔냐고, 놀라며 전화를 받은 아내는 마른 안주감이나 좀 사오라고 했다. 오가는 사람들이 몸을 부딪치며 다닥다닥 붙은 어시장을 기웃거린다. 천천히 걸어가는데 '반건조 노가리는 냉장고에' 라고 좌판에 써 붙여 있는 팻말이 눈에 띈다. 이가 성치 않은 우리 노부부는 바싹 건조된 것보다 덜 마른 게 더 좋아한다.

냉장고에서 꺼낸 노가리는 성에가 하얗게 끼어 있다. "이거 반건조 된 게 맞습니까?" 물었지만 키가 크고 깡마른 젊은이는, "그럼 생선을 냉동해서 파는 것 같소?" 긴 목에 심줄이 불거지며 툭 쏘듯 대꾸한다. 이어 "안 사려면 마세요." 하면서 다시 냉장고에 노가리를 넣을 기세다. 말투는 무뚝뚝하지만 거짓말 같지는 않아 보여 세 근을 산다. 젊은이가 노가리를 포장한다. 검은 비닐봉지에 한 번 싸더니 이를 비닐봉투에 넣는다. 다음에는 하얀 비닐봉지로 포장하고 위를 묶어 손잡이를 만든다. 멋대가리 없는 젊은이로만 생각했는데 싸주는 것은 철저해서 고맙다고 말해준다.

집으로 돌아오는 길, 소래포구역에서였다. 노가리를 넣기 위해 가방을 벗는다. 낌새가 이상하다. 비닐봉지 밑을 손으로 만져보니 물기가 제법 있다. 노가리가 녹고 있다. 가방에 넣었더라면 어떻게 되었겠는가. 음모를 꾸미고 있는 듯 큰 눈망울을 뛰룩이던 노가리 이상魚商, 그에게 속은 게 분해 욕지거리를 내뱉는다. 그래서 여러 번 비닐로 싸준 것인데 친절로만 알았으니. 오이도에 도착하여 엘리베이터를 탄다. 서로 몸이 닿을 정도로 노인들이 가득 찬다.

"그런 가방을 메고 다니려면 무슨 조치를 했어야지, 내 옷 다 망가졌잖소!" 3층에서 내리는데 뒷 분이 나에게 투덜거린다. "아이쿠 미안합니다." 얼른 사과하며 뒤돌아본다. 내 새 가방에 붙은 쇠붙이가 옷을 찢었나 보다. "보슈! 이 옷을." 작달막한 키에 도톰한 입술을 가진 60대 노인은 혀를 끌끌 차며 불평한다. 하얀 남방셔츠 배꼽 부분에 커다란 수박 둘레만큼 물이 젖어 있다.

"내 가방에는 물이 흐를 게 없습니다." 단호하게 말한다. 그는 "이 옷이 안 보이느냐." 고 하면서 내 뒤를 졸졸 따라온다. 당고개행 전철에 함께 오르며 다시 말씨름을 계속한다. 가방을 벗어 그에게 건네준다. 그는 내 가방을 받아 들고 이곳저곳 살펴본다. 가방에 물기라고는 전혀 없는데 무슨 말이 더 필요하겠는가. 그는 고개를 갸우뚱히 하며 생각에 잠긴 듯 말이 없다. '배꼽이 오줌을 눈 게지 뭐.'라고 말해주려다가 그만 삼킨다. 그 앞에서 의기양양하던 나는 돌연 심각하게 긴장하지 않을 수 없다. 범인은 바로 노가리라는 생각이 들었기 때문이다.

빠른 걸음으로 전철 속을 걷는다. 다음 칸으로 다시 다음 칸으로, 전철의 맨 끝 칸까지 바삐 걸어간다. 마지막 노인석으로 가서 앉는다. 노가리를 싼 흰 비닐봉지는 의자 끝 벽면에 기대어놓고 왼쪽 다리로 가린다. 자꾸 옆 칸에 눈이 간다. 곧 그가 내 손에 든 비닐봉지를 기억해내고 달려올 것만 같다. 지금 나는 그에게 노가리 얼음물 세례를 주고도 모르는 척 도망쳐 왔다. 오히려 큰소리까지 쳤다. 조용히 사과하고 세탁비라도 줘야 되지 않겠는가. 비겁하고 옹졸한 내 모습이 부끄럽다. 생각은 그렇게 하면서도 바로 일어나지 않는다. 안산역을 지나고 초지역을 지날 때까지 노가리 어상을 욕하는 데만 열을 올린다.

오이도역에서 열차가 출발한 지도 10분이 지났다. 머릿속이 너무 무겁다. 고개를 좌우로 돌려 목운동을 한다. 그를 찾아가 사과해야지 생각만 한다. 몸은 아직도 앉아 있는 그대로다. 비닐봉지를 들고 그를 찾아 차 속을 걸어가는 것은 성가신 일이다. 망설이는 사이 벌써 금정역이다. 많은 사람들이 내리고 탄다. 아마 그도 내렸는지 모른다는 생각이 든다. 이촌역까지는 절반 이상 지나온 것 같다. 무언가 꺼림칙하면서도 조금씩 안도의 한숨이 나오는 묘한 기분이다.

집에 도착했다. 아내에게 물에 얼린 노가리를 반건조 노가리로 알고 샀다가 낭패 당한 이야기를 해줬다. 아내가 비닐봉지를 열기 시작한다. "아닌데…. 비닐에서 물이 나온 흔적이 없어요. 반건조 된 거 사실이야!" 아내는 큰 소리로 나의 무거운 고민을 풀어주고 있다. 마른 것도 냉상고에 들어가면 성에가 끼는 것이라고, 괜한 노가리 어상을 욕하지 말라고 한다. 아무리 그의 키가 작아도 내가 든 비닐봉지 밑이 그 배에 닿을 수는 없다는 생각을 왜 진작 하지 못했을까. 비닐봉지에 물이 얼마나 흐르고 있는지 한 번만 다시 확인했어도 알 수 있었을 것을. 쉽게 짐작하고 단정하며 성토했던 경박한 자신이 한심스럽기까지 하다. 도무지 중정中正의 판단이 쉽지 않은 세월인가. 노가리 어상의 눈빛은 그윽하고 해맑았다.

최종 | 『월간문학』 수필 등단(2016년). 한국문인협회, 대표에세이문학회 회원, 전남법대 졸업. 저서: 수필집 공저 『골목길의 고백』. E-mail: cteng31@hanmail.net

엄마는 사진사

김순남

베트남 하롱베이를 관광하려고 배에 올랐다. 수많은 석회암 섬들이 바다위에 둥둥 떠 있다. 기암괴석으로 이루어진 멋진 풍경 사이사이를 숨바꼭질하듯 배들이 들락거린다.

베트남 하롱베이를 관광하려고 배에 올랐다. 일행 외에 젊은 여인이 네 살 쯤 되어 보이는 남자 아이 손을 잡고 우리와 동승을 했다. 아이와 여행을 하는 중인가. 어깨에 카메라 가방을 둘러멘 것을 보아 사진을 찍으러 다니는 사람인가 여겼다.

수많은 석회암 섬들이 바다위에 둥둥 떠 있다. 기암괴석으로 이루어진 멋진 풍경 앞에 모두 푹 빠졌다. 제각각 독특한 모습으로 뽐내고 있는 바위섬들 사이사이를 숨바꼭질하듯 배들이 들락거린다. 고개만 돌리면 또 다른 멋진 풍경이 우리들의 눈길을 붙잡고 탄성을 지르게 한다. 누가 먼저랄 것 없이 휴대폰을 꺼내들고 그 아름다운 모습을 카메라에 담느라 분주하다.

아이 엄마가 우리들 곁에 오더니 "여기서 사진 찍으면 멋있어. 오빠, 언니 여기서 사진 찍어." 스스럼없이 오빠, 언니를 남발했다. 사진 찍기를 유도하고 상대가 허락하지 않아도 카메라 셔터를 눌러댔다. 알고 보니 그녀는 관광객을 상대로 사진을 찍어주는 사진사이다. 그러고 보니 베트남을 다녀온 지인이 해준 말이 떠올랐다. 배를 타고 하루 관광을 마치고 선착장에 도착하니 본인들 사진이 먼저 기다리고 있어 놀랐다 했었다. 사진을 두고 오기도 꺼림칙하여 울며 겨자 먹기로 돈을 지불하고 가져 왔다는 이야기를 들었다. 그녀가 찍으라는 대로 사진을 찍다 보면 사진 값이 얼마나 나올까 신경이 쓰이기도 했다.

아이는 조용히 혼자서도 잘 놀았다. 아마도 집에서 아이를 돌봐줄 사람이 없는 모양이다. 오늘뿐만 아니라 아이는 엄마가 일하러 나오면 늘 따라다닌 듯하다. 또래 아이들과 땅을 밟고 마음껏 뛰어놀면 얼마나 좋을까. 친구들과 장난감을 서로 차지하려고 뺏고 빼앗기며 그러다 양보하는 마음도 배워가는 시기가 아닌가. 한국에서는 아이들이 대부분 서너 살만 되면 어린이집을 다닌다. 교육열에 성급한 엄마들은 이때부터 집이나 또는 문화센터에서 조기교육을 시키기도 한다. 이도 저도 아이 입장에서는 최상이 아니란 생각이 들었다.

잔잔한 바다위에 우리의 어머니들 모습이 섬들처럼 떠다닌다. 냇가에서 빨래를 할 때, 밭일을 할 때 심지어 아궁이에 불을 지필 때도 아이와 함께 하는 모습을 흔히 볼 수 있었다. 윗마을에 사는 아주머니는 늘 등에 아이를 업고 생선을 팔러 오셨다. 어머니는 그 아주머니가 오시면 잠시 쉬어가라고 불러들여 찬밥이라도 한술 뜨게 하셨다. 보리쌀 한 됫박 퍼주고 고등어 한 손이라도 팔아 주셨다. 아주머니는 남편과 사별 후 농사도 없다보니 생선을 팔아 근근이 살아가는 분이라고 안쓰러운 눈길을 보내셨다.

'베이비부머 세대'라 불리는 우리들이 자랄 때 시골엔 집집마다 아이들이 여러 명 되었다. 먼저 태어난 언니 오빠는 동생을 업어주고 밥을 떠먹여 주었으며 엄마 일손을 거들며 자랐지 싶다. 동생이 놀다가 다치기라도 하면 죄 없이 엄마한테 꾸지람을 들었으며 감기라도 걸리면 엄마와 함께 가슴을 태웠다. 그래서 맏이는 늘 동생들이 애틋하고 마음이 더 가는 게 아닐까 싶다.

배에서 내려 섬을 돌아볼 때에도 아이엄마는 우리들 옆에 바짝 붙어 다녔다. 경치가 좋은 곳에 이르면 영락없이 포즈를 잡으라고 부추긴다. 본인의 부모 연배는 되는 우리들을 오빠, 언니라 칭하며 존댓말을 하지 않아도 밉지가 않았다. 처음에는 '사진 값을 얼마나 뜯어내려고 저러나.' 싶어 경계하는 마음을 가졌지만 어느새 그런 마음은 없어지고 열심히 일하는 모습이 대견해 보였다. 배에 두고 온 아이가 걱정이 되어 슬쩍 슬쩍 운을 떼보니 매점을 하는 분이 잘 봐주어 괜찮다고 오히려 우리를 안심시킨다.

아이 엄마는 자신의 일을 즐겁게 하고 있었다. 어느 정도 한국어는 구사하니 의사소통에 지장이 없고 밝고 명랑한 성격으로 장사 수완도 보통이 아니었다. 20대 젊은 층 인구가 많은 나라에서 일자리 경쟁은 심각할 터인데 씩씩하게 일하는 모습은 아련한 고향 우리의 어머니들 모습과 닮아 있는 듯하다.

몇 군데 섬에 내려서 관광을 하다 보니 하루해가 저물어 갔다. 육지로 돌아오는 배에서 그녀는 완전 다른 사람을 보는 듯했다. 낯선 사람을 쫓아 다니며 사진을 찍던 억척스러운 모습은 찾아보기 어려웠다. 그 순간만은 오로지 아이엄마일 뿐이다. 배 위에서 하루를 보낸 아이는 엄마가 일을 마친 걸 알고 어리광을 피우는가 싶더니 어느새 엄마 품에서 쌔근쌔근 잠이 들었다. 엄마는 잠자는 아이 볼을 비비고 손도 만지고 머리도 쓰다듬는다.

네 살 아이의 마음에는 오늘 어떤 사진이 찍혔을까. 여행객인 우리들의 모습은 어떤 모습으로 비춰졌을지 하루를 뒤돌아보게 된다. 여행 기분에 들뜨고 낮술 한 잔에 흐트러진 어른들의 모습은 모두 지워 버리고 엄마의 따뜻한 품에서 고운 꿈을 꾸길 바라본다.

김순남 | 『월간문학』 수필 등단(2016년). 한국문인협회, 대표에세이문학회 회원. 저서: 수필집 공저 『골목길의 고백』. E-mail: ksn8404@hanmail.net

나, 제주도 갈 거야

노성희

내가 무엇을 요구하든 받아들이기로 작정을 한 건지, 나의 부재에 대한 기대인지, 한 달이란 말에 다소 당황한 듯한 가족들은 무조건 오케이다. 왜 제주가 튀어 나왔을까.

무작정 '제주'였다. 유럽도, 동남아도 아닌 그저 제주였다.

팔자 좋은 비행기여행 한지도 꽤 되었다는 이유라고 하기엔 그다지 여행에 목말라 있지도 않았다.

"나, 제주도 갈 거야."

뜬금없는 선언에 가족들은 진단에 들어간다. 병명은 갱년기, 병증 정도는 초기에서 중반으로 넘어가는 단계, 보호자들의 유의 사항은 무조건 이해하고 조심히 다룰 것!

"다녀와! 제주도 아니라 해외도 좋지, 집 걱정은 말고 맘 편히 다녀와. 누구랑 갈 거야?"

"혼자. 한 달 정도 있어볼까 해."

내가 무엇을 요구하든 받아들이기로 작정을 한 건지, 나의 부재에 대한 기대인지, 한 달이란 말에 다소 당황한 듯한 가족들은 금세 표정을 바꾸고 무조건 오케이다. 왜 제주가 튀어 나왔을까.

곧바로 항공편 예약하고 숙소 알아보고 일정 짜기에 들어갈 줄 알았던 가족들의 예상과는 달리 나는 아무것도 하지 않았다. 결정 장애를 갖고 있기는 하다. 무엇 하나 하려면 유효성과 우선순위, 포기해야 할 것들의 가치와 얻을 것의 의미 등 오만가지 생각 속에 무효와 재설정을 반복하기가 수십 차례다. 하지만 이번엔 그 이유도 아니었다. 아무 생각 없이 아무것도 하지 않았다. 사랑도 갈라놓으려고 하면 더욱더 불타오르듯이 방해꾼이 있어야 열병도 날 터인데 무한대로 주어진 선택권 안에서 나는 힐끔힐끔 여유롭게 제주를 탐하기 시작했다.

시설 좋은 숙소도 아니다. 낮은 돌담집, 바람에 삐걱거리는 창문 밖으로 새벽이 깃들면 가방도 핸드폰도 놓아두고 물 한 통만 들고 나선다. 발길은 싸늘한 공기에 축축한 안개 깔린 숲으로 향한다. 아무도 없으니 더욱 좋다. 500년을 넘어 천년 가까이를 살아온 비자나무에게 푸념을 늘어놓는다. 말 없는 숲이 들어주니 아무에게도 하지 않은 이야기가 술술 나온다. 숲 한가운데 서서 머리 위 올려다보면 햇살도 반짝이며 재잘거린다.

돌아오는 차 안에서는 Pink Martini의 〈Splendor in the grass〉를 들으며 내 삶의 속도를 낮춰본다. 초라함을 각오한 여행길에 대중교통이 아닌 렌트카를 선택한 건 온전히 이 시간을 위함이다.

Life is moving oh so fast

I think we should take it slow

rest our heads upon the grass

and listen to it grow

처음 듣는 순간 가슴에 멍이 들도록 부딪혀 와서는 아린 통증이 가시지 않았던 노래다. 어렵게 얻은 귀한 과자를 몰래 숨어 야금거리듯 아무도 없는 시간에 혼자 조용히 따라 불러보는 구절이다. 아침 식사는 과감히 거른다. 아침 상차림으로부터의 해방감과 더불어 위장도 탄수화물과 나트륨으로부터 해방시킨다. 해안도로의 바닷바람으로 공복을 채우면 5대 영양소가 아닌 절제의 배움이 흡수되는듯하여 배부르다.

늦은 아침에 오메기 떡 세 개와 조릿대 차 한 잔으로 요기한 후 앉은뱅이책상을 놓고 책을 본다. 그 무엇으로도 방해받지 않아 책을 읽을 수 없는 핑계조차 댈 수 없다. 끊임없이 의심해 온 난독증인지, 아니면 정말로 책 읽을 시간과 여유가 없었던 것인지 냉정히 판단될 것이다. 어떤 것으로 판단되던지 나만 알고 있기로 한다.

점심 먹을 시간이 되어서가 아니라 비어버린 위장의 심기가 불편해질 쯤 나만을 위한 식사를 준비한다. 가급적 제주스럽게. 하루는 갈치구이, 또 하루는 보말 칼국수, 간단하게 전복죽 한 그릇도 훌륭하다. 이쯤 되면 부인할 수 없는 주부본능에 의해 아이들 걱정이 스물스물 기어 나온다.

'큰애 다이어트 도시락을 못 싸줘서 어쩌나. 밖에서 기름 덩어리, 당 덩어리 사 먹고 있는 것 아냐? 우리 아들은 행여라도 빨지 않은 옷 그대로 입고 나간 것은 아니겠지?'

확인하고 싶은 마음이 들지만 안 될 말이다. 혼자만의 시간을 갖는다는 취지에 어긋나므로. 무력한 걱정일랑 털어버리고 이제 오후의 제주를 만나러 간다.

모래가 깔아놓은 에메랄드빛 바다도 좋지만 검은 바위 사이 물살 센 끈질김과 강인함이 있는 곳으로 간다. 해녀들의 자맥질을 보며 운명은 각자에게 무슨 이유로 다가올까 생각해 본다. 답 없는 물음에도 온 몸을 던지는 이들 앞에서 관념에 머물러 호사스러운 나의 무기력이 부끄럽다. 그네들의 몰아쉬는 가쁜 숨과 한가로이 삐져나오는 나의 한숨의 깊이는 몇 길의 차이가 날까.

신혼여행으로나 엄두를 내었던 제주가 이제는 어렵지 않게 마음먹어질 정도로 가까워지고, 세련되거나 이국적인 명소가 늘어나고 있는 지금도 구석진 곳곳은 여전히 7, 80년대의 모습으로 살아간다. 우리에게는 관광지이지만 그들에게는 숙명적 삶의 터전인 제주. 중국인 관광객의 발길이 끊어진 그곳 제주민들의 마음은 아쉬움일까 평상심일까.

풍경을 놓칠 수는 없다. 나 홀로 여행의 백미는 오름의 석양이다. 분홍빛 머금은 오렌지 빛깔 위로 노랑이 퍼지면서 아래로는 파스텔 블루와 보랏빛이 지평선에 닿은 듯했지 아마. 컴퓨터 색 체계를 통해 전달받은 그 오묘한 석양 빛깔을 눈으로 직접 본다. 그리 높지 않은 곳에서의 석양은 환상적이면서도 옷깃에 내려앉는 현실이기도 하다. 하늘을 향한 이상과 나직한 땅의 가까움으로 누구와도 벗 해주니 나란히 걸으며 함께 이상과 현실을 이야기할 수 있다. 바람에 휩쓸리면서도 악착스럽게 버텨 한곳으로 쏠린 나무들을 보니, 휘고 얽히면서 함께 생존해가는 곶자왈의 생태가 주는 느낌처럼 가늠할 수 없는 기나긴 시간들을 보는 듯하다.

숙소로 돌아오는 골목길은 달빛이 비춰준다. 고마운 마음에 올려다보니 그 속에 가족들의 웃는 얼굴을 담고 있다. 발걸음에 정확히 박자 맞춰 보내는 응원에 혼자만의 시간이 결코 혼자가 아니었다는 것을 깨닫는다. 궁금해하지 않는 배려를 충실히 수행해 준 가족들에게 결국 내가 먼저 문자를 보낸다. '뭐 해?'

이렇게 한 달을 지냈다. 베란다 앞에 비자림을 둘러치고, 한강을 운전해 건너며 제주바다를 보았고, 어스름 검붉어지는 하늘에 제주색을 입혔다.

"제주도 언제 가?"

좀처럼 나서지 않는 내게 용케 베푼 호의를 확인이라도 하고 싶어서인지 가족들은 돌아가면서 왜 안가느냐고 묻는다.

내가 나에게 물었었다. 왜 제주냐고. 분명 전에 보았던 것들인데 요즘 들어 왜 전혀 다른 모습으로 주변을 맴도는지 가보면 알겠지. 주름지고 서리 내려 공허한 마음 어느 한 구석이 제주를 찾는지, 수 만 번 주름지고 서리 내렸던 제주의 나이테는 내게 어떤 인생 노래를 들려주는지.

'갈 거야, 이제.'

드디어 기다란 검색창에 또박또박 눌러 친다. '제주항공권'

노성희 | 『월간문학』 수필 등단(2017년). 한국문인협회, 대표에세이문학회 회원
E-mail: roe1110@hanmail.net

차 한 잔

신미선

안주인이 차 한 잔을 내 주셨다. 하얀 달빛 아래 마주앉은 사이로 은은한 국화향이 시나브로 거리를 좁히며 내게로 스며들었다.

베란다에 가을을 들여놓았다. 볕이 가장 잘 들고 오래 머무는 자리에 격자무늬가 고운 대나무 채반을 놓고 노란 산국화를 말리고 있다. 시간이 날 때마다 들여다보고 앞으로 뒤로 뒤집어주며 정성을 들였더니 꽃은 보란 듯이 본연의 색을 유지하며 고운 자태로 남아주었다. 사람이든 식물이든 주는 만큼 보답한다는 옛 어른들의 말씀이 하나도 틀린 게 없다. 해마다 그랬듯이 이제 연말이 되고 고마웠던 누군가가 생각나면 나는 이 꽃잎들을 유리병에 담아 내 마음을 전할 참이다.

이 일을 시작한 지가 언제부터였는지, 누군가로부터 비롯되었는지 지나온 길을 따라 내려가다 보면 저 멀리 강원도 어느 한적한 마을에서 농원을 운영하며 틈틈이 가을볕에 국화꽃을 널고 있던 인심 후덕한 노부부가 있다.

결혼을 하고 세 번의 계절이 오고가는 동안 아이가 생기지 않아 조바심

내던 때가 있었다. 몸에 좋다는 약을 챙겨 먹기 시작했고 유명한 병원을 찾아다니며 주일미사를 위해 성당을 가는 날이면 감사함보다는 소망을 두 손안에 담았다.

간절하면 이루어진다고 했던가. 어느 날 선물처럼 아이가 생겼다. 그러나 감맛보다 달콤하다는 가을에 내게로 와준 아이는 엄마 마음도 몰라주며 그해 달력의 마지막 장을 남겨놓고 떠나려고만 했다.

결국 다음 해 봄은 아직 저 멀리 있었건만 나는 병원에 누워 있었다. 출산일이 아직 네 달이나 남았는데 어느 한 날 아랫배의 묵직한 통증이 좀체 가라앉질 않았다. 의사는 조산기가 있다며 입원을 권했다. 오전시간임에도 하얀 가운에 검고 굵은 안경테 너머로 피곤함이 뚝뚝 묻어나는 의사의 얼굴엔 아무런 표정이 없었다. '괜찮다.'라는 따뜻한 말 한마디를 기대했건만 진찰 시간은 참 짧기도 했다.

입원 일주일 만에 아이는 떠났다. 그리고 나는 많은 것들을 손에서 놓아버렸다. 집안일, 먹는 일, 잠자는 일 등 평범한 일상은 버려둔 채 멍하니 몇 시간을 한자리에 앉아 있기 일쑤였고 찬바람 거센 날에도 베란다 창을 모두 열어놓고 밖을 내다보며 위험한 생각에 빠져들기도 했다. 생애 처음 수면제에 의지해 잠을 청하는 날이 잦아졌다.

어느 날 남편과 나는 아무 계획도 없이 이른 아침 강원도로 여행을 떠났다. 해가 바뀌도록 그날의 상처 속에 묶여 밖으로 나오지 못하는 아내를 세상 밖으로 꺼내 놓기 위한 그의 고군분투였다. 우리는 연애시절로 돌아가 남이섬에서 은행나무숲길을 걸었고 닭갈비를 먹었다. 찾는 이 뜸해진

경포대 해수욕장 모래사장에 앉아 낙조를 바라보기도 했고 오대산 어느 산사 연못가에 동전을 던지며 소원을 빌기도 했다. 남편은 갖가지 볼거리와 맛집을 찾아 열심히 운전하며 나를 위해 애쓰고 있었다.

꼬박 하루를 길 위에서 보내고 우리는 늦은 밤 평창 어디쯤 아름다운 농원 안에 있다는 작은 펜션을 찾았다. 오누이처럼 서로 닮은 나이 지긋한 부부가 운영하는 아담한 펜션이었다. 주인 내외와 우리뿐인 뜰에는 매미소리 잦아들고 귀뚜라미가 그 자리를 메워주는 것 외에는 온 사위가 고요로 가득했다.

고단했던지 남편은 곧바로 잠이 들었다. 반면 나는 낯선 장소가 주는 불편한 잠자리에 쉬이 잠들지 못하고 서성이다 밖으로 나왔다. 가을이 뜰 안에 가득했다. 농원 한 귀퉁이에 심어놓은 흐드러진 메밀꽃 때문인지, 제 몫을 다 한 듯 화단 아래로 눈처럼 내려 곱게 잠든 꽃잎들 때문이었는지 그만 또 시간을 언젠가 그 겨울의 그날로 돌려버리곤 눈을 감았다. 주체할 수 없이 어깨가 흔들리고 있었다. 긴 시간 그 자리에 주저앉아 퉁퉁 붓도록 눈을 혹사시켰다.

안주인이 차 한 잔을 내주셨다. 바싹 마른 노란 국화가 기지개를 펴며 투명한 유리잔 속에서 나를 빤히 바라보고 있었다. 그녀가 내 손을 꼭 잡아주었다. 말 한마디 없는 따뜻한 당신의 체온이었다. 하얀 달빛 아래 마주 앉은 사이로 은은한 국화향이 시나브로 거리를 좁히며 내게로 스며들었다.

뒤늦게 알았지만 농원의 주인 부부 역시 몇 해 전 금쪽같은 자식 하나를 교통사고로 가슴에 묻고는 서울 살림을 모두 정리해 이곳으로 내려왔단다. 자식 돌보듯 꽃을 심고 나무를 키우며 가을이면 차를 만들어 가까운 지인들에게 선물하면서 바쁘게 움직이는 것으로 세월을 잊는다는 한마디가 노부부의 오욕칠정五慾七情을 고스란히 드러내고 있었다.

그날 밤 뜰 안 평상에서 아무 말 없이 내게 내밀었던 국화차와 투박한 손길은 더 이상 나의 삶이 무인도처럼 쓸쓸하지 않을 만큼 위안이 되었다. 하루 종일 긴 시간 강원도 일대를 돌아다녔던 아련한 기억 속으로 어느 시골 작은 농원에서 대접받은 귀한 차 한 잔의 추억이 지금 이렇게 나의 베란다에 정성 들여 촘촘히 산국화를 말리고 있는 이유이리라.

신미선 | 『월간문학』 수필 등단(2017년). 한국문인협회, 대표에세이문학회, 음성문인협회, 음성수필문학회 회원. E-mail: shinms24@hanmail.net

쉼

여행, 쉼표와 느낌표 사이…

여행, 쉼표와 느낌표 사이

대표에세이문학회